# コワレモノ:璃沙

～家出娘と爛れた夏～

089タロー

原作・挿絵／よしろん（サークル 鎖キャタピラ）



KTC
KILL TIME COMMUNICATION

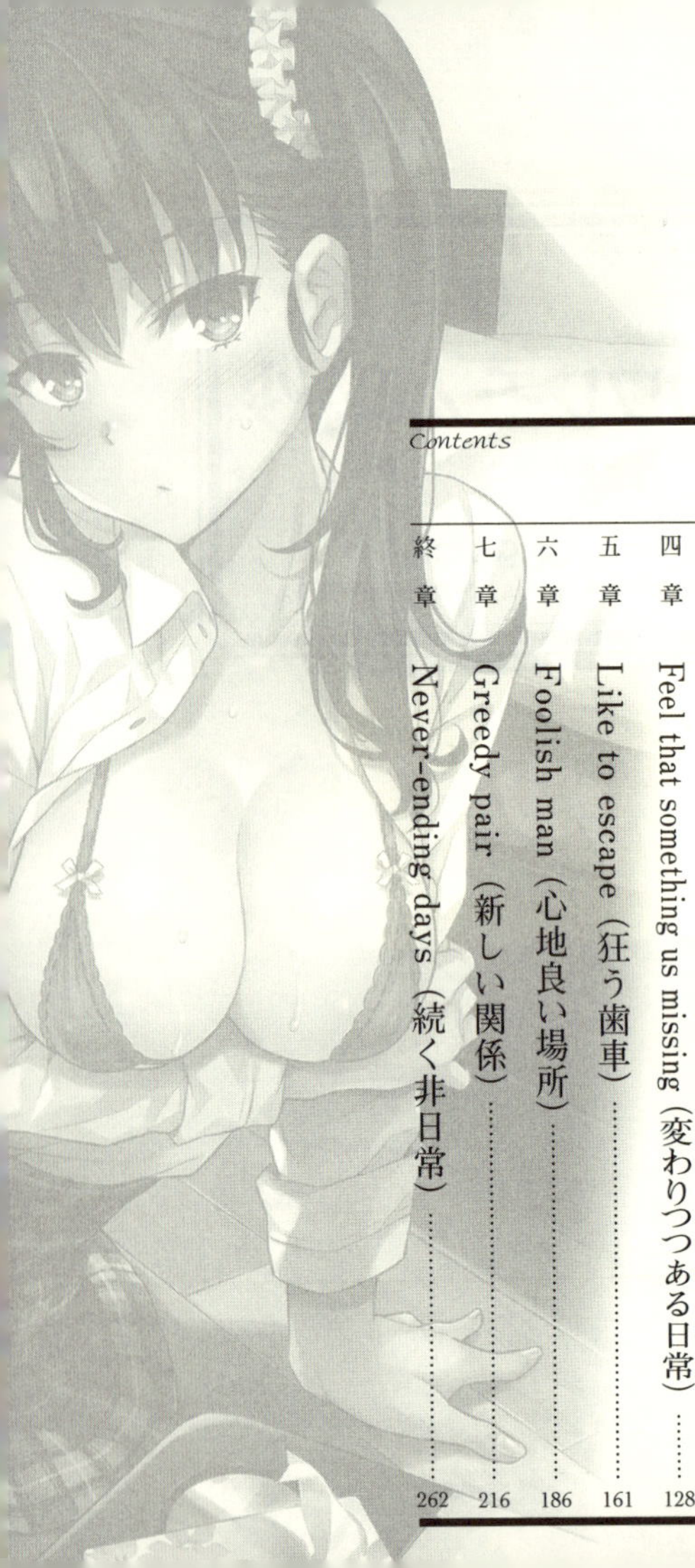

*Contents*

# 目次

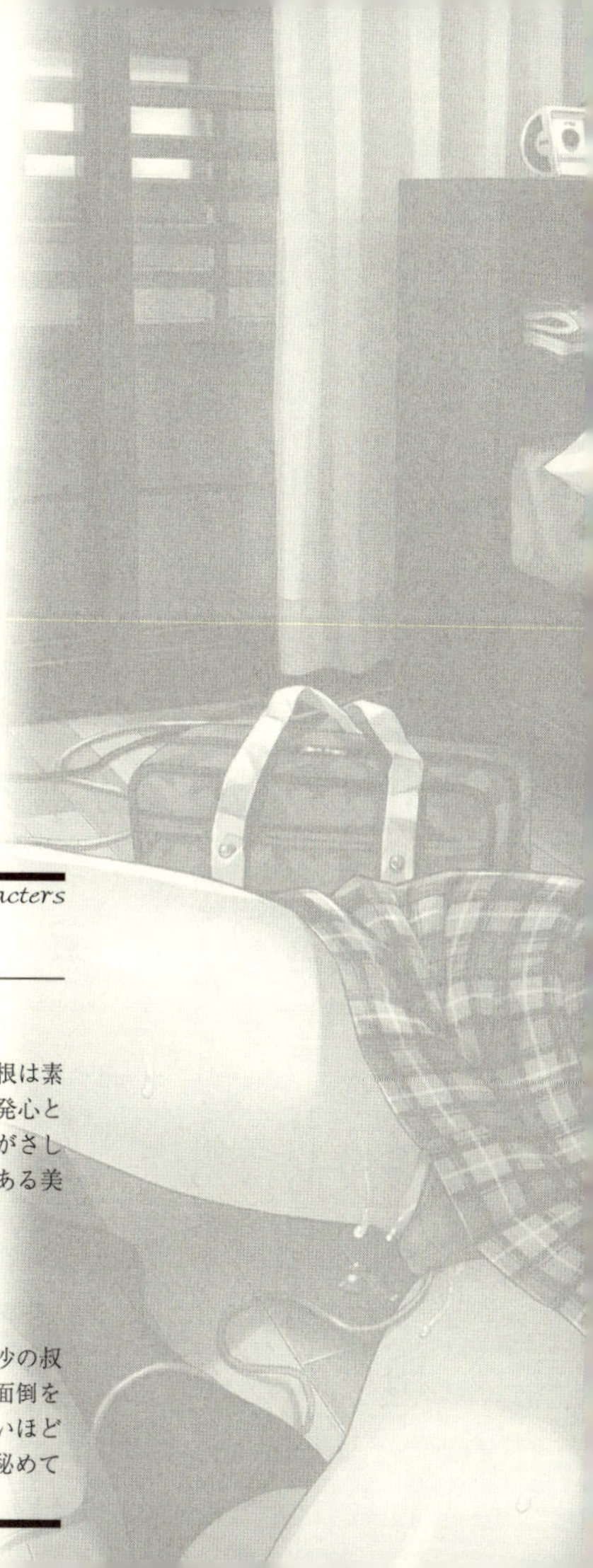

## 登場人物　*Characters*

### 皆川 理沙
(みなかわ りさ)

東京都の私立学園に通う二年生。根は素直で真面目であるが、年相応の反発心と勝気な性格もあって親の躾に嫌気がさしている。スタイルの良さに自信のある美少女。

### 皆川 逸
(みなかわ まさる)

在宅プログラマーを職業とする璃沙の叔父。柔和な性格で幼少期の璃沙の面倒をみたこともある。中年とは思えないほどに精強で性に対して貪欲な一面を秘めている。

# 序章　Dangerous night（その日は唐突に）

男物のベッドの上で、少女は魔の手から逃れんと、小さく震え、身動ぎをした。照明の落ちた薄暗い室内。衣類や雑誌やらが雑多に転がる生活感溢れた寝室。仕事部屋を兼ねた１ＤＫは机とＰＣ、ベッドの他にはまともな家具は本棚程度という空間。しわくちゃになった地味なシーツには独り暮らしの野暮ったさが滲《にじ》み出、主が中年の男であると言葉なく物語っているかにも見える。

不思議と埃臭さは感じない小綺麗とも呼べぬ寝台に寝そべり、少女は後ろ手に縛られた手首を、どうにか外せないものかと試みた。

「あんまり暴れると痣になっちゃうよ。──璃沙《りさ》ちゃん」

黒い陰影を帯びた両手が、ゆっくりと、抵抗を嘲笑うかのごとく迫ってくる。

少女は努めて怯えを見せぬよう睨みつけた。

どうにもならない。腕は拘束され口はテープで塞がれている。自由な両足は男の手にかかり、黒いソックスごと白い素肌をまさぐられていく。

腰は横ずれし視線を避けようと抵抗を続けるも、裾を捲られたスカートの奥では、淡い陰毛と薄い裂け目、微かに汗ばむ肉の土手が逃れようもなくその姿を晒す。

――見ないでよ、触んないでったら……！

舌の上で、無力な言葉だけがくぐもった音を立て、無為に転がる。

男の手は無遠慮に這《は》いずり、あえて陰部を避け、太腿と膝の上を動く。

予想だにしなかった危機に少女が慌て、もがく中、中年男からの陰湿な声が耳朶と脳髄を小さく震わせた。

「制服の上からじゃ分からなかったけど、立派に発育して……」

少女の肢体を爪先から頭まで舐めるように眺めた視線。その矛先が胸の膨らみでぴたりと止まる。

体格に見合うごつごつとした男の指が、ブラウスの襟にじりじりと伸びてくる。嬲《なぶ》るかのような、弄《もてあそ》ぶかのような。乱暴でなくとも、それは凌辱者の魔の手に相違ない。

少女は――皆川《みなかわ》璃沙は、唐突に訪れた危機的状況に、十代後半の瑞々しい肌を薄く色づかせていった。

――こんなおっさんに、無理やり、なんて……！

# 一章　Risky stay（叔父の家）

「――なんだって？　もう一度言ってみなさい！」

「ウザいって言ったの。ほっといてよ」

「親に向かってなんて口を――待ちなさい、まだ話は済んでいない！」

朱の染み渡る夕暮れ時の住宅街に、男性と女性の剣呑な声音が響き渡った。

塀に囲われた白い一軒家。まだ新しい表札には「皆川」と刻まれている。

家主の性格の表れなのか、几帳面に整えられた玄関先。

そのドアを、乱暴に開け放ち出てくる一人の女がいた。

「どこへ行くんだこんな時間に⁉」

「どこだっていいでしょ！　父さんには関係ないし！」

女は振り返りもせず、ボストンバッグ一つを肩に、門扉を開いて路上に出る。

そして路面に当たり散らすかのように、ずかずかと乱暴に歩き出した。

（ムカつく、毎度毎度いちいち私のやることに口出しして！）

苛立《いらだ》ちも露わな歩調によって、黒髪をまとめたサイドアップが耳元で大きく揺れて動く。

女と言ってもまだ年若い少女であった。見た目や足取りに溢れる若さが現れており、何よりも服装が、都内にある学園の指定制服であった。

私立N学園に通う17歳の2年生。それが彼女、皆川璃沙の肩書であった。

明るく爽やかな面立ちをした、美しい容貌の少女である。頬や輪郭には多少あどけなさが垣間見えるも、つぶらな瞳と小ぶりな唇は年相応の女の麗しさを帯びていた。

物怖じしない性分は足取りのみでなく表情からも窺《うかが》い知れた。猫を思わせる小生意気そうな雰囲気が、若さと未熟さと愛らしさを主張している風でもあった。

もっとも、当の本人は憤懣やるかたなく、家路を歩く人々の前ですら膨れっ面を隠そうともしなかった。

(ちょっと泊まりに行っただけで誰のところだの男じゃないかだの。私の勝手じゃん。鬱陶しいったらないし)

発端は実に些細な事と思う。一日程度の軽い外泊。たかがそれだけで父は目くじらを立て説教をしてきた。

多くの友人らが今を謳歌し様々な遊戯に手を出す中、自分だけは認められないという。自宅と学校と塾のみを行き来するなんとも窮屈でつまらない生活。それが父の、両親の求める我が子の有り様だった。

青春真っ盛りの璃沙からすれば、杓子定規な親の言葉など、ひたすら耳障りでしかない。

常日頃からうるさく言われ蓄積した鬱憤が爆発した今、しばらくは家に戻るものかと唾棄する心地で家を飛び出したのである。

無論、野宿する気などさらさらない。ＬＩＮＥで連絡を取り、遊び仲間らの家を代わる代わる泊まり歩く算段だった。

なんの事はない、誰もが皆やっている事である。プチ家出など特段珍しくもなければ大それた非行でもない、それが彼女らの共通認識なのだ。

が――返ってきたメッセージを見て璃沙は、自分の目算が甘かった事を知った。

「嘘……メグも。なんでよ、マジついてない……」

不運は重なるとよく言われるが、璃沙にとってまさにそれが今だった。心当たりは皆、各々の事情ゆえ宿泊許可を出せないとの事だった。

駅前をとぼとぼと歩きながら璃沙は途方に暮れた。Ｓｕｉｃａがあるため電車賃は問題ない。だが宿泊施設を借りられるほど懐は豊かではない。着の身着のままというほどではないが、半ば勢い任せの行動に過ぎずロクな準備もありはしないのだ。

どうしよ……と璃沙は呟き天を仰いだ。このままでは本当に野宿を余儀なくされる。いっそ駅構内でと考えはしたが見咎《とが》められぬはずがなく、さりとてのこのこと家に帰るにはプライドが邪魔をする。本気で遊んでいる連中は溜まり場で寝泊まりすると聞くが、伝手《つて》もない上にそこまで出来る勇気はなかった。

彼氏にも頼んだが同じく無理との返答であった。野宿か、帰宅か。璃沙にとっては究極の選択を迫られた形だ。

と、そんな時である。親族なら、と考えたところで不意に思い浮かぶ顔があった。

「そっか、あの人のとこ行けばいいじゃん。電車で行けるとこだったはずだし一日くらいなんとかなるかも」

閃いたのは、父の兄である叔父の存在だった。最近は交流もなく滅多に顔を見ないが、同じ都内で独り暮らしをしていると耳にする事は幾度かあった。

歓迎されるかは定かでないが、自宅よりは遥かにマシであり唯一残った当てである。子供の頃みたく泣いてみせちゃえばなんとかなるでしょ。きっと。

璃沙は楽観的に捉え、即座に行動に移す事とした。

在来線に乗り電車に揺られる事30分ほど。都心からやや離れたベッドタウンの片隅に、目的の場所はあった。

さして立派ではなく、さりとて古びた安物件と言うほどでもない。最寄り駅から数分というところのこぢんまりとしたそのアパートが、叔父の住処だと記憶していた。

（そういや……もう帰ってるのかな。まだ家にいなかったりして）

すでに空は夕闇が帯を広げつつあったが、仕事帰りと思しき人々は今なお帰路を急いでいた。叔父が未だ不在であってもなんら不思議はないと言える。

もっとゆっくり来ればよかった——今さらながらに気づき、璃沙は一応インターホンに指を伸ばし、押して鳴らす。

するとじきに重々しい足音が近づいてきて、

「はいはい、どちら様？」

ガチャリと目の前のドアが開き、間延びした面立ちの眼鏡の男が顔を出した。

「あ、えっと、久しぶり……覚えて、る？」

璃沙は少々身を固くし、警戒心を抱かせないよう作り笑いをし小さく手を振った。

「私……璃沙。ほら、小さい頃よく遊んだ……」

「——璃沙、ちゃん？　ええっ、あの璃沙ちゃんかい？」

男はしばし眼鏡の奥で目を瞬かせ、表情を驚きに変えていった。

「そういえば確かに璃沙ちゃんだ……どうしたんだい急に？」

「ね、お願い。一晩だけでいいからさ、泊めてくれないかな？　——ここに」

根掘り葉掘り聞かれるよりかは、先に本題に入ってしまおう。璃沙は努めて可愛らしく顎《あご》の前で両手を合わせた。

「いろいろあってさ、ね、お願い叔父さん」

「あ、うん——はは、構わないよ」

「やった、ありがと叔父さん！」

さすがに面食らった様子だったが叔父は快く承諾してくれた。璃沙はわざとらしいくらい無邪気に笑い、勧められるままアパートの一室へと足を踏み入れる。

（助かったぁ。親呼ぶとか言われたらシャレになんなかったもん）

拍子抜けするほど容易《たやす》く許可が出た事に、璃沙は安堵すると共に、世の中うまくいくものだと小さな不安を笑い飛ばす。

独身の男の一人住まいに無警戒にあがりこむのは、相手が親族である事のみならず、この年代の若者にありがちな怖いもの知らずがゆえであろう。

ともあれ璃沙は、これで今晩は問題ナッシング、と気楽に心中で笑う。

――この選択が、大きな分岐点になるとも知らず。

――叔父の視線が、自身の胸腰を舐めるように見ているとも気づかず。

※

「――でさー、成績あげろとかカレシと別れろとか……」

叔父宅にあがりこんでから、はや1時間が経過していた。

璃沙は叔父のベッドに座り、これまでの経緯を愚痴混じりに語っていた。

「門限まであってロクに遊べないし、干渉しすぎだってての」

「で、家出してきたってわけかい？」

「そ」

夕食をもらい空腹感も遠退いたせいか、訪問時に比べて随分と口調が砕けている。カップ麺に惣菜という栄養もへったくれもない食事だったが、腹は膨れ口は軽くなりつつあった。

「でもマジで助かったー。友達もみんな実家だし、お金もないから行くアテなくってさ」

「最初誰だか分からなかったよ。何年ぶりだい？」

天然パーマ気味の短髪で線目の男が、太めの体躯《たいく》を揺するようにして笑いながらマグカップを差し出してくる。

皆川逸《まさる》。璃沙の父の兄であり、実家を出て独りで暮らす四十過ぎの中年の男である。記憶ではもう少し痩せていたはずだが、何年か会わぬ間にすっかり中年太りしたのだろう。お人好しそうな顔立ちそのままに頬にも肉がつき丸みを帯びていた。

身長はあるらしいが、大人しそうな雰囲気と鼻にかかったような声質が、厳しさとは無縁の無害な小男を連想させる。

１ＤＫの部屋は狭く、決して片付いてはいないものの、飾り気のない本棚や机、雑に置かれた私生活品が、独り暮らしの自由さを思わせ璃沙の目には羨ましく映った。

デスクチェアに座る叔父は、話を聞きながら終始にこにことした表情を崩さない。

「璃沙ちゃん随分と大人っぽくなったから、驚いたよ」

言われた璃沙は、曖昧な笑みで応えるに留める。

実際、昔とは別人のように変わっている。叔父が知る自分はまだ幼さの残る子供で、体型においても女らしいとは言い難かった。

今は違う。身長は伸び顔立ちは大人び、各部には適度な肉がついて胸腰には確かな膨らみがある。スタイルの良さには自信があり密かな自慢でもあった。

(じろじろ見てこないのはいいかも。クラスの男とかフツーにガン見してくるし)

その点は大人らしくて好感が持てた。あるいは遠慮しているのか、もしくはそういった視点を持たないのか。いずれにせよ気は楽だった。

「叔父さん、ずっと独身なわけ？」

多少の眠気を覚えながら璃沙が問うと、叔父は「ははは」と笑った。

「いやあ、ほぼ在宅勤務だからね。出会いがないんだよ」

「さみしー」

「はは、まあね」

叔父の態度に傷ついた様子は微塵《みじん》もない。

思えば昔もこんなやり取りがあった気がする。璃沙が幼い頃、叔父はまだ自宅で弟夫婦と同居しており、子供然とした無遠慮な姪相手に気分を害する事なく付き合ってくれたものだった。

そんな叔父に懐いていた時分も確かにあった。父と違いおおらかな叔父は我がままを言おうとすべて許し、親に叱られ不貞腐れた際にはある種の避難所という役割を担っていた。

率直に言えば、甘えていた。親でないだけに教育者目線を持たぬからだろうが、無条件で泣きつけただけに都合のいい人物だったのは間違いなかった。

今ですら、親の悪口をいくら言おうが笑って聞いてくれている。「口うるさくない」というだけでも十分ありがたく、親に黙っていてくれる点も大いに助かる。璃沙の心中ではどこかで「御しやすい大人」というイメージが作られ、気を許すに足る要素となっていた。

「家でどんな仕事してるの？」

「プログラマー、かな。ＰＣとネットがあれば自宅で出来るからね」

「自由でいいなー。ウチの親そういうのダメって言いそうだけど」

「お父さんは堅実なのがいいって人だから」

「そーそー。ねー聞いてよ、私もＰＣ欲しいっていってんのにちっとも聞いてくれなくってさ――」

久々に会った男相手に璃沙はここぞとばかりに愚痴を延々と漏らし続けた。記憶より老けおっさん臭さは増したようだが、変わらぬおおらかさと優しさの前に璃沙の口は軽くなる一方だった。

父への反感、母への不満、荒唐無稽とも言える将来の展望と遊びたい盛りの若者の本音。

それらをひとしきりぶちまけた頃には、窓の外がすっかり闇色に染まっていた。

「おっと、もうこんな時間だ」

聞き役に回っていた叔父が笑顔を崩さず言う。

「疲れたでしょ。僕のベッド使っていいからね」

「ありがと」と告げ、璃沙は座っていたベッドにうつ伏せで身体を横たえた。愚痴るだけ愚痴って気が晴れたのか、睡魔は瞼を重くしつつあった。

欠伸を一つ漏らしつつ、璃沙は小さく独り言ちる。

「ウチの親も叔父さんくらい優しかったらいいのに……」

何気ないひと言は、叔父への好感というよりは、この場にいない親への当てつけであろう。

それを知ってか知らずか、叔父の逸はことさら嬉しそうに言った。

「璃沙ちゃんがよければ、好きなだけここにいても構わないよ」

——その台詞が耳に届く頃には、璃沙の意識は、早々と眠りの淵へと沈みつつあった。

※

――カタカタ、カタカタ……。

沈黙の落ちた空間に、キーボードだけが乾いた音を立て続ける。

照明の落とされた暗い室内には、横合いからのPC画面の光のみがぼんやりと広がっている。

璃沙が――姪が寝入ってから、はや10分。

いや、ようやく10分か――男は無言で打ち続けたキーから、静かに指を離した。

椅子ごと振り返る。

愛用している飾り気のない寝台。安物のマット。しわくちゃなシーツ。最後に洗濯したのはいつだったかと、ふと些末な疑問が脳裏を過ぎる。

眼鏡の奥からじっと見つめる。あどけない表情で眠りについている可愛らしい少女の姿。空調のためか寝顔は穏やかで微かな寝息をすぅすぅと漏らし、横向きに寝転び枕に頭を置いている。

近づくと、ほのかに甘い見知らぬ体臭が漂ってくるようだった。柑橘類とミルクを混ぜ合わせたかのような、十代後半の乙女だけが持つなんとも香しい牝のにおい。

ドクドクと、うるさくなりつつある心音を聞かれそうで少し怖い。緊張している。

二十以上も歳の離れたまだ若い女学生相手に。

（璃沙ちゃん……久しぶりだけど、本当に綺麗になって……）

独り暮らしの男の家で無防備に眠ってしまうというのは、年頃ゆえの無警戒さゆえか、はたまた今時の子は皆そうなのか。

なんにせよ男は、久方ぶりに血の騒ぎを覚えた。

無音で手を伸ばし、そっとシーツを足側から捲る。

少女の腰から下が露出し、丈の短いスカートを穿く下肢のラインが明らかとなる。

覗かれるなどとは露ほどにも考えていないのだろう。膝を曲げた下半身はスカートが半ばまで捲れあがっており、純白の下着がモニタの光を受け、微かに青白く煌いて見えた。

これはすごい。華奢《きゃしゃ》な外見に騙されがちだが想像以上に肉がついている。ゆで卵のようにつるりとした肌や、尻から膝にかけての美しいカーブなど、どこをどう見ても成熟した女の身体そのものではないか。

知らず喉がゴクッと鳴る。汗が浮き出る。昔なら見向きもしなかったろうが、今、目の前に横たわる下肢は、もはや子供時代のそれではない。

様々な意味で久しぶりに、男は下半身が疼くのを感じた。

そっと手を伸ばし、触れる程度に太腿に添える。

直接指で感じた肌は、体温が高めでしっとりと温かい。滑らかな肌触りは繊細な絹か綿を思わせ、白く瑞々しい肌の光沢は白磁《はくじ》の彫刻を連想させた。

それだけでなく、軽く押すとぷりっとした感触が返ってくる。弾けるくらいの弾力感は二十代の女すら持ち得ぬ、もっとも躍動感に満ちた十代後半特有のものだ。

おお……と呟いた中年の男は、たちまち辛抱堪らなくなり両手でさわさわと太腿をまさぐった。瑞々しい弾力感と、指の間からもちっと溢れ出る豊かさと張りを併せ持つ肉感、肌理の細かな肌の感触に手指の神経をざわめかせる。

ん……と小さく声が漏れるも少女に目覚める気配はない。疲れているのだろう。ありがたい。姪の成長を確かめる心地で男は指を滑らせ、肌をむにむにと柔く揉む。

「すぅ……すぅ……ん、ぅ……」

寝息に再び声が混じり、露わな太腿が小さく擦《す》れあうも、やはり寝顔に大きな変化はなく、目覚めの兆候は見られない。

一方で肌には微かな変化が現れる。体温があがり滑る指に少し吸いつく。ほのかに汗ばむ柔らかな感触が掌いっぱいに伝わり、快感に類するものをただそれだけで与えてくる。

(この感覚、久々に味わう……もう何年も感じてない、紛れもない女の子の感触……)

触れるほどに柔らかさが伝わり、弾力と吸着の狭間で掌が、五指が躍る。白に限りなく近い肌色。想像以上にむっちりとした太腿。見て感じるごとに劣情の熾火がちりちりと心奥で燃え広がる。

目覚めぬ事を幸いとし、男はさらに指を滑らせた。ショーツの純白に指先を触れさせ緩く揉む。サラサラとした絹の感触と、薄布を隔てた尻房の弾力が、ぷりりぷりりと揺れ弾むように指の腹を小気味良く押し返す。

男は鼓動の高鳴りを覚え、姪の尻の感触に浸った。あどけない寝顔と子供を思わせる柔らかな髪質。それに反して尻の肉付きは充実しており、腿から腰までのヒップラインは美しい丸みを帯び揉み応えがある。

以前会った頃と比べれば、とてもとても比較にならない。安産型とは言わぬまでも子を産むに十分な発育を経ており、背徳的な興奮と欲求が蝕むようにして意識を舐めていく。

触るだけで終わるなど勿体《もったい》ない——無意識に頬を笑みに緩め、男は指先を、ショーツの股部に触れさせた。

——スリ、スリ、グニ、グニ……。

右の親指で尻房を開き左の人差し指で陰部をこする。太腿や尻をまさぐったためか股ぐりはやや中央に寄り、尻と太腿のちょうど境目にきゅっと食いこむ形となっている。クロッチも例外ではなく陰部にぴたりと食いつき、ぷっくらと膨らむ肉の土手が際立つ形となっていた。

その肉土手の中央に触れると確かな割れ目の感触がある。微かに酸味の混じる体臭は尿と体液を織り交ぜたものだ。温かく、柔らかく、しかし侵入を拒むかのような儚《はかな》い弾力と小さなヒクつきに、男は興奮し鼻息を荒くした。

「んっ……ふぅ……」

少女からの反応の変化に劣情はさらなる加速を得る。触れれば分かる薄く走る溝の感触。その奥にあるほんのささやかな湿気と熱と、閉じ合わさろうとする太腿の仕草。すべてが興奮材料となり抵抗感を——そろそろ潮時だと囁《ささや》く理性を、造作もなく削ぎ取っていく。

ふと気づくと、しつこくまさぐる指の先にこれまでと違う熱気があった。覗きこむと、よくよく見なければ分からない程度にクロッチの中心が黒ずんでいる。内側に張りついたのか指を離そうとも溝の形が浮き出たままとなった。

男は劣情に急かされるまま、ついにショーツそのものに指をかける。起こさぬよう慎重に。息を殺し。されど大胆にも白い布切れをするすると腰から抜き取る。

布切れを手に一つ漏れるのは感嘆のため息。脱ぎたての下着は蒸したように温かく、汗と尿とその他を吸って生々しく解れている。中央にある小さなリボンとアクセント程度のフリルの飾りつけが、未熟な娘候《そうろう》に見え背徳感をなおのこと与えた。

知らず漏れるのは「むふ」という下品な含み笑い。さもありなん。これほど可愛らしいJKを相手に淫行の機会が巡ってくるなど、願ってもない幸運なのだから。

「ふぅ……スンスン、はァ……！」

鼻息を荒くし下卑た笑みを浮かべ、男はショーツに鼻を埋める。頬ずりをする。嗅覚に集中する。ズボンの前を硬くいきらせ興奮と喜悦に身震いする。

視線は目の前の少女の下肢へ。脱がせた際、姪は仰向けになっている。捲れあがったままのシーツとスカート。下着を失った腰は白い臀部《でんぶ》を丸裸とし、薄く茂った陰毛と共に、うっすらと割れた縦長の溝をも無自覚なまま晒していた。

遊んでいる風な言動だったが粘膜は美しい薄紅色である。ムダ毛処理もしているのだろう、余分な毛はなく白い肌とのコントラストが鮮やかだ。呼吸に合わせて裂け目は緩やかに開閉を繰り返し、わずかに漏れ出た内側の表面は小さな光沢を放っている。

予想を上回る興奮に男は身を乗り出し、自らもベッドによじ登った。

(璃沙ちゃん、おじさんもう我慢出来ないよ)

姪の腰を跨ぐ形で膝立ちとなり、いそいそとズボンの前を開ける。

勢い良く飛び出た分身は、とうに硬化し弧を描いて脈を打ち震えている。

――ここまでしていいのか、という思いは、なくはなかった。思いがけず年頃の美少女を自宅に泊める運びとなった。相手は姪、実弟の娘。間違いがあってはならぬ関係だが異性と縁遠く暮らしてきた今、半裸で横たわる若い肢体はもはや目の毒と言ってよかった。

璃沙ちゃん、と無音で呟き、サオにショーツを巻き付けてしごく。アンモニアの混じるＪＫの体臭。掌に覚えた柔肌の温かさ。愛らしい寝顔に無防備な下半身、快いショーツの感触やそこに残る微かな体温。どれも欲望を煽るに十分でペニスはとうに直の刺激を欲し猛っていた。

眠っているＪＫの目の前で、パンツでオナニーし精液をぶっかける。なんと背徳的な話だろうか。久しくご無沙汰だったがゆえか下手な風俗などよりずっと興奮出来る。

璃沙ちゃん。おじさん本当は触りたくって仕方なかったんだよ。すぐにその可愛い寝顔におじさんの精子かけてあげるからね。

危険な状況にむしろ昂《たかぶ》り、男は、逸は夢中で肉棒をしごく。これが終われば姪は精液まみれのショーツを穿くのだろう。驚くだろうか。気づかないのかも。あるいは気づいても言い出せずに恥じらうだろうか。どうであれ見物であり、夢想するだけでなおさら肉棒は熱く脈を打つ。

激しい摩擦と興奮度により尿道は潤いショーツに沁みを与えている。込みあげてくる熱い感覚。もうすぐだ、間もなく璃沙の愛らしい唇に白い欲望がぶちまけられる。

口端をあげ、来たるべき瞬間に思いを馳せ笑う逸。

――が、到達まであと十秒もない、という時だった。

「んン……。？　え……」

「!?」

のめり込むあまりベッドを揺すりすぎたのか。

眠りこけていたはずの姪が、睫毛《まつげ》を震わせ、ゆっくりと瞼を開いた。

「……叔父……さん？」

逸はそれまでの笑みを消し、表情を硬くしていた。

※

「え……なに、してんの……」

目を覚ました璃沙は、恐る恐る身を起こしながら顔が青ざめるのを感じた。

心持ち下半身に寒気を覚え、寝ぼけた頭で何事かと思い、目を開いてみれば。

薄暗い部屋の中、叔父がすぐ間近で、剥き出しのペニスを握っているではないか。

よく見ると、そのペニスには見覚えのあるショーツが指と一緒に巻き付いている。

「！　それ……私の……」

璃沙は表情が強張るのを自覚した。

下半身の寒気の原因を悟る。叔父の手にある下着は自分のもの。その下着を手にペニスを握るという行為が何を意味するのか、解せぬほどに彼女は初心《うぶ》ではなかった。

「あ……こ、これはね、璃沙ちゃん――」

「まさか……脱がしてオナッてたわけ……？」

叔父は慌てて弁解しようとしたが、璃沙は込みあげる気色悪さのまま、震え声で罵った。

「マジでありえないんだけどッ！」

「違うんだよ、つい……出来心で……」

「っていうか返してよそれ！　変態ッ！」

――バシッ！

この期に及んで言い訳する姿がなおさら浅ましく思え、璃沙は伸ばされた手を振り払う。

その手は叔父の頬に当たり、平手打ちとなって眼鏡を弾き飛ばした。

意図しての暴力ではない、生理的嫌悪による勢いからの殴打。

が、璃沙はハッとした。慌て怯えた風だった叔父、その表情が、殴打をきっかけにふっと一変したのだ。

「………まったく。昔はもっと、大人しくて、可愛らしかったのに……」

璃沙はこの時、初めて目の前の男に恐怖を覚えた。あ、これマズい――生物学的に不利であるという女としての生理的危機感。それを今、生まれて初めて体感した。

「家出までする不良娘になって、おじさんも悲しいよ。——親に代わって、お仕置きしてあげないとなぁ」

ＰＣを背にした逆光のためか、影になった男の表情が、開き直ったような笑みが、異様に不気味で恐ろしく見える。

璃沙は動悸が速まるのを覚え、ぬっと伸びてきた両手から逃れんとした。

「……やだ、やめて……何すんの……っ」

ベッドから降りて逃げようとするも、不思議と全身は強張ってしまい動きが鈍い。人間というものは恐怖すると動きが鈍化する、その事を初めて身をもって知った。

叔父の力は想像よりもずっと強く、身体は見た目通り重かった。伸し掛かるようにされただけで満足に身動きが取れなくなり、腕を取られれば振り払う事すら出来ない。目覚めた直後の女の筋力は大の男相手に、あまりに無力であった。

両腕を掴み後ろに捻《ひね》り、脱ぎ捨ててあったネクタイを使って手首を後ろ手に縛りあげる。仰向けにし、罵声を浴びせようとする口には、粘着テープでぴたっと封をする。

家出少女は程なく拘束され、罵倒すら許されぬまま再びベッドに寝転がされた。

「ん゙～！　ん゙、ン……！」

離してよ、離して——言葉にならぬ罵声を浴びせかけ懸命に睨みつけるも、もはや璃沙には、なす術がなかった。

もがく程度しか出来ぬ身体に、叔父の両手が伸び、太腿をさわさわとまさぐってくる。

（やだ、嘘っ——こんなの……！）

こんな事になろうとは想像すらしなかった。お人好しな叔父さんに軽く泣きつき寝床を借りるだけ。ただそれだけで済むと思っていた。危険どころか対価すら考えていなかった。

人の好さそうな態度は、この時のための罠だったのか。仮にそうだとしても、今さら気づいたとて後の祭りである。

腿の内側をも撫で回されながら、璃沙は身動ぎくらいしか出来る事がなかった。

「綺麗な太腿だ、すべすべしてて堪らないよ」

足を開かせ、ことさらスカートの中をむき出しにしようとする叔父。

彼はじっくりと太腿の感触を堪能してから、今度は胸に手を伸ばしてくる。

「⁉　っ、ッ……！」

ブラウスのボタンが一つ一つ外され、襟ごと左右に開かれていく。ＰＣ画面の光に当てられ青白く輝く純白のブラジャーが、胸の膨らみごと露わとなる。

その下着姿を堪能する間も惜しいのか、叔父は両手でぐいとブラをたくし上げた。

「んうっ、んん……っ！」

「制服の上からじゃ分からなかったけど、立派に成長して……」

剥き出しにされた色白の乳房は叔父の言う通り確かに大きかった。84センチのEカップ。この年齢にしては少々出来すぎた発育のいい膨らみである。健康に気を使う性質《タチ》ではないが、痩身な割に巨乳という点は璃沙の密かな自慢であった。

無論、若いため型崩れなどありはしない。見事な張りと肉感を併せ持つ、十分に誇れるヴォリュームあるバストだ。先端の色も綺麗で薄く、ピンク色が羨ましいと友人たちにも常日頃言われていた。

叔父もさぞかし気に入った様子で、無骨な両手で早速掴み、揉みしだいてきた。

（やだ、触らないでっ——嘘、ほんとに、するつもりなの……!?）

ショーツを取られた程度で済んでいたのは、ある意味で幸運だったと言える。眠っている間に犯されたとて不思議でない状況だったと今なら考える事が出来る。

しかし、目覚めた事で状況は悪化し、かえってタガを外してしまったやもしれなかった。

「璃沙ちゃんは、身体だけは大人だなあ」

無遠慮に指を蠢《うごめ》かせながら叔父は興奮した声で言う。飢えていたのかまさぐる手つきは少し荒々しく、餅のように柔らかな肉をぐにぐにと不規則に変形させる。

璃沙にしてみれば、少し痛いくらいの愛撫だった。無骨な手指が節くれを這わせ無防備な柔肌を弄ぶ。汚される、という感覚に、意識がこんがらがり身体が興奮状態へと進む。

火照ってくるのは決して感じているためではない——しかし叔父は、汗ばむ肌に気を良くしたのか谷間を寄せ合わせ、口を付けてきた。

——れろぉ、じゅるっ、じゅるるるっ……！

「んんっ、んっ、んン〜っ！」

貪欲な本性を示すかのように叔父は乳首を両方同時に舐めてきた。

響くほど漏れる卑猥な音色。遠慮を知らない浅ましく蠢く舌と唇。揉み搾るような手指の動き、見る間に乳首を濡らす大量の唾液。

恥ずかしい。嫌だ。いやらしい舐め方しないでよ。キモいキモいキモいキモい。

胸中で必死に罵倒するも、感じたくないと思えば思うほど刺激はより深みを増してくる。嫌な思い出ほど強く記憶に刻まれるのと同じように。

——こんなおっさんに、無理やり、なんて……！

璃沙は、唐突に訪れた危機的状況に、十代後半の瑞々しい肌を薄く色づかせていった。

「ぢゅぷぢゅぷぢゅぷっ——はぁ……」

さんざっぱら弄んだ叔父は、ビクッ、ビクッ、と震える姿に満足した様子で乳房から手を離した。

「さて、こっちはどうかな。ほら、見せてごらん」

「ん～～ゞんン～～！」

これで済むはずがないのだとしても璃沙はもがき、助かろうとする。

しかし所詮《しょせん》は無駄な抵抗に過ぎない。両膝を掴まれ左右に割られれば、あっけないほどに丸裸の恥部が剥き出しとなる。

「ああ、艶々としていてとても綺麗だねえ。おじさん生マ○コは久しぶりだけど、まさか姪っ子のを拝めるなんて思わなかったよ」

これ見よがしに露わにされたのは薄紅色の女の溝である。透明感のある色合いは、使い始めてまだ日が浅い証拠であろう。ぴたりと閉じ合わさる隙間からは、わずかに覗く粘膜と共に、汗の混じった半透明の体液が滲み出ていた。

恥じらいを深める姪の仕草に叔父はあからさまな興奮を示し、両手の指先を溝にあてがうと左右に割り開いて拡張する。

（いや、そんなに広げないでよ……変態っ……！）

内側まで見られる感覚が羞恥心をより強く刺激した。指は続けざま円を描くよう小さく動き、ぱっくりと割れた溝の内壁をこすってくる。乱暴ではない、されど弄ぶかのごとき動きに、プライドさえもが踏みにじられてどうにかなってしまいそうだった。

呻き震えるしかない姪に、叔父は鼻を寄せ、淫唇から漂う体臭を思うまま吸いこむ。そしてそのまま舌を伸ばし、無防備となった内側の粘膜を、音を立てて舐め始めた。

「んぐん～～！　ぐん、ぐん、ンッ、ッ～～！」

粘着テープ越しに漏れる呻きに、いよいよ湿った音色が混ざり始める。

無理やりされて感じるわけがない――そんな考えが甘かった事を璃沙は思い知った。恐怖であれ屈辱であれ興奮には違いない。興奮すれば体温があがる。感覚は鋭くなり刺激に過敏化する。過敏化した神経は意識する場所に集中し、常以上に外的刺激を拾う。

その外的刺激が愛撫であれば、官能を拾ってしまうのも道理だった。経験はあるのだろう、舌の動きは迷いがなく強すぎない程度にまさぐってくる。気持ちいいか否かにかかわらず、敏感な粘膜は無作為に刺激を拾い集めてしまっていた。

（やだ、し、痺《よじ》れて、きちゃう……アソコ、舐められて……じんじん、してぇ……！）

嫌悪し身を捩ろうとも、感覚は一層そこに集約し、かえって敏感になるばかりだった。そもそも女とは興奮の度合いで快楽指数に差が出る生き物である。不本意だろうが何だろうが興奮していれば身体は反応し、濡れた舌のざらつく感触を独りでに甘受し貪った。

「ちゅぷっ、ちゅぷっ、ちゅぷっ、ちゅぷっ――はあ」

5分もそうしていただろうか。あるいは1分か、はたまた2分か。混濁しつつある璃沙の頭では、すでに判然としない。

息があがり、全身にまで震えが来た頃に、叔父はようやっと口を離した。

「もう湿ってきた。若い子は感度がいいのかな」

叔父はことさら陰湿に言い、湿り気を帯びてヒクつく粘膜を挑発的に覗きこむ。続けて指を二本同時に入れ、粘膜の内側を焦らすようにして緩く掻き混ぜた。

新たな刺激に璃沙の腰が跳ね、知らず切なげに小さくくねる。

「それとも彼氏にいつもされてるせいなのかい？　ん？」

（う、うるさい、彼氏のことなんて、今言わないでよぉっ——ああっ！）

——ぐちゅっ、ぐちゅっ、ぐちゅっぐちゅっ、ぐちゅぐちゅぐちゅぐちゅ……！

指はリズミカルに膣壁をこすり、徐々に速度を増していった。粘っこい音がいよいよ漏れ出し、膣壁が細かく収縮を始める。呻き声は一段と高くなり、迫り来るものから逃れんと尻がシーツの上を滑る。

こちらの状況が分かっているのは笑みを見れば明白であった。分かっていて擦ってくる。節くれ立つ指で、弱い襞肉を。猟犬が獲物を追うがごとく崖っぷちまで追い詰めてくる。

（やめて、やめてやめてっ、激しくしないでぇっ——！）

やがて身体が硬直し始め足がぴーんと突っ張ってきた。汗の量が見る間に増え、肌は色づき頬は紅潮、唾液に濡れる胸の桃色が硬くしこり尖って震える。それがサインであると分かってはいたが、すでに退路はなく、璃沙にはどうしようもなかった。

「ゞんっ、ゞんっ、ゞんんうっ〜〜！」

——ビク、ビク、ビク、ビクッ！

半裸の腰が自制を離れて一つ跳ね上がり、膝が痙攣《けいれん》し、背筋がぐぐっと捩れる。尻がしばし浮いたまま震え、薄紅色の淫唇から蜜の塊が漏れる感覚。

その状態で硬直し続け、シーツに腰が落ちた頃には、すっかり息があがり、身体中から力が抜けていた。

「ふーっふーっ、ふーっふーっ……！」

「ひょっとしてイッちゃったのかい？　はは、クリも膨らんでるじゃないか」

叔父の笑声を聞き、璃沙は悔しい、と率直に思った。たかが前戯に過ぎないというのに、まして許可のない不愉快な行為に、こうまで反応させられるなんて。

絶頂感を覚えてしまうなんて。

「ん？　何か言いたいのかい璃沙ちゃん」

気が大きくなっているのだろうか。叔父の声には今やはっきりと余裕がある。

「じゃあ今、剥がしてあげるから。深夜だから騒がないでよ」

彼はそう言い、口に張った粘着テープのみを剥がしてくれた。

口がきけるようになった途端、璃沙は溜まりに溜まった不満を露わにする。

「……お願い、ほどいて。私……もう帰るから……」

甘く見すぎていた事は認めざるを得ない。自分が知る叔父は決して気の強い男ではなく、仮に目の前で誘惑されようと及び腰になるのが関の山だと思っていたのだ。

こんなおっさんにいいようにされるとか、嫌だしマジでムカつく。

璃沙はそう考え、ことさら突き放す態度を取った。

「んーそれは困るねえ」

叔父からの返答は、予想に反して強気な姿勢を崩さぬものだった。

「おじさんさっきから勃ちっぱなしでね。璃沙ちゃんが相手してくれないと」

「っ！　そんなの知らないしっ……したければ風俗でも行けば⁉」

叔父が再びペニスに触れるのを見て、璃沙は内心狼狽する。

隠すもののない剥き出しの男性器。大柄ゆえか、そのサイズは自分が知る中では群を抜いて大きい。びっしりと血管の浮くサオは禍々しくさえ目に映り、経験皆無な女の子ならば怖れを抱くほどだろう。

まさか本当に？　――顔と肉棒とを見比べ徐々に心音が速まる中、平静とも聞こえる叔父の声が耳朶に響く。

「そう。残念だなあ。——だったら家に帰すわけにはいかないねえ」

監禁でもするつもりなのか。頭がおかしいと璃沙は思い、切り札を切る心地で口早に告げる。

「そ、そんなことしたら、ウチの親が……」

「捜索願でも出すかい？」

「そうよ、叔父さん監禁罪で捕まるわよ！」

これを言えば必ず怖気付くはずだった。大人は犯罪という言葉に弱い、いざとなったらこれで脅迫出来ると、そのように仲間内で聞き及んでいた。

しかし叔父は予期せぬ返しで逆に足元を見てきた。

「で、その後どうなると思う？」

「……え？」

「家出した挙句、警察にまでご厄介になったら余計に帰りづらくなるんじゃない？君の両親だって、これまで以上に干渉的になるだろうしねえ」

「そ、そんな……」

「僕の言う通りにすれば、朝にはちゃあんと帰してあげるよ。——どうする？」

弱いところを突かれたと、璃沙は内心歯噛みした。

今現在とて散々辟易させられてきたのだ、これ以上親に口出しの口実を与えたくはない。頭の固い父のことだ、私生活どころか学園生活にまで干渉しかねない。この件が知れ渡れば学園側まで敵に回りかねなかった。

家出娘の頭脳が、十代後半の少ない経験から必死に打算を弾き出そうとする。

親バレ覚悟であくまで突っぱねるか。

一晩だけと割り切って我慢するか。

「…………よね」

唇を噛み締め俯きながら、璃沙は今出来る、精いっぱいの虚勢を張った。

「ゴム……ちゃんとつけてよね……」

「ああ。もちろん」

勝ち誇って見える笑みが、どうしようもなく恨めしい。

どうあれ従う他なかった。口うるさい親のもと、窮屈な学生生活を送るなどまっぴらごめんなのだから。

一回だけよ、ちょっとウリしたって思えばいいじゃない……。

たとえ虚しい弁解であろうとも、今はそう自分に言い聞かせる他なかった。

「じゃあ、いくよ璃沙ちゃん。ああ、本当に綺麗な生マ○コだ……」

叔父はスラックスを脱ぎ捨て気忙しげに半透明のスキンを付けると、嬉しそうに口角を吊り上げ、肉の棒を淫唇にあてがった。

仰向けの璃沙が身を固くするも、その両足を左右に開き、ぐっと粘膜を割り裂いてくる。

「んっんぁあああ……っ！」

メリッと内側が軋みをあげるのを璃沙は確かに聞いたと思った。

押し入ってきた男の分身はやはり大きく、少しキツい。一度絶頂し濡れているとはいえ裂けるのではないかと不安になった。

そんな璃沙の心配を他所に、肉棒は思いの他スムーズに入った。

そして叔父が、嬉しそうな声を出しながら早速ピストンを開始する。

「おおお、久々のマ○コ、すごく気持ちいいよ……！」

「んンッあうぅ、んンッ、んッ……！」

璃沙の口からも意図せず淫靡《いんび》な声が漏れる。いかに強がろうと身体の感度はあがったままであり、特に敏感な部位への刺激に無反応ではいられない。

（やだ、マジで、キクっ……大きいのが、出たり入ったり……！）

膣で感じると男根のサイズがより鮮明に理解出来た。太く長い異物感は、これまで想像した事がないほどの強い圧迫感を伴っている。初体験の時ですら、ここまでの感覚を覚えはしなかったと記憶していた。

正直を言うと少し苦しい。裂ける心配はなさそうだが、お腹の奥が膨らんでいるイメージがある。続けて平気なのかと思う。

が、漏れ出る声には官能が混じるのも実感していた。

（すご、いっ、私のアソコ……ビラビラ、全部捲れちゃいそうっ……！）

圧迫感が強いだけに密着度も相当なものなのだろうか。膣壁と擦れあう感覚は大きく、粘膜に張った神経組織が急激な勢いで熱をあげていく。ほんの1分か2分のピストン、たかがそれだけで腰全体まで熱く焼かれていきそうだった。

「ああ最高だよ……おじさんいつもオナニーで済ませてるから、璃沙ちゃんが来てくれてほんとに嬉しいよ」

困惑する璃沙を他所に、叔父は変わらず笑みを作っていた。その額には汗が浮き紅潮して見えるが、人畜無害に見えるその顔で気持ち良さげに腰を振る様が、璃沙にはなおさら腹立たしく思えた。

「んンッ、あううっ……こんな変態だって、知ってたら、ンうっ、来なかったのに……っ！」

せめてこれだけは言ってやらねばと途切れ途切れに罵ってやる。

「はっ、はっ……これでもおじさんは優しい方だよ、もし見知らぬ男の家に泊まってたら、もっと乱暴にされてたかもしれないでしょ」

「ンうっ、はぁ……か、勝手なことぉ……！」

「それに璃沙ちゃんだって、はっ、はっ、嫌がってる割には、おじさんのチンポでしっかり濡らしてるじゃないの」

叔父は少しずつペースをあげながら、ぬちゃぬちゃと卑猥な水音を立てる入り口付近に指で触れてくる。

（へ、変なこと言わないで、気持ち悪い……だけよ……っ！）

璃沙は必死に自分に言い聞かせ続けた。我慢よ我慢、こんなのすぐ終わるんだから、と。

だが抽送のペースがあがるにつれて、こちらの息もあがっていく一方だった。圧迫感の強いペニスは硬度とて若者に引けを取らず、むしろ膣内でなおのこと反り返り膣襞をしつこく擦りこんでくる。弱い部分、そうでない部分、それらまとめて擦過を繰り返し刺激の手を緩めない。感じるもんか、こんなの全然よ、そうは思うも肌は汗ばみ、下腹部には不可避の熱い官能が蓄積していった。

「ふぅ、ふぅ……どう？　おじさんと彼氏、どっちが気持ちいいのかな」

久々と言ったのは嘘ではないのだろう、叔父はリズムを小刻みに変えてうっとりした様子で呼吸を速めていく。

「はぁ、はぁ、っ……バッカじゃない、の……」

「女子高生はほんとに口が悪いねえ」

不意に叔父は左手を伸ばし、すでにじっとりと湿り気を含む淡い陰毛を摘んできた。

「あっあぁぁっ、いぃ、痛いぃ、ぁぁああっ！」

「おお、璃沙ちゃんはこういうのが好きなのかい。オマ○コきゅうきゅう締めつけてくるよ……！」

軽い痛みを伴う感覚に璃沙は耐えられず腰を揺すって悶えた。弄ばれている、なのに罵倒すら満足に出来ない、その事に少なからず動揺しながら思わぬ官能の波に惑う。

（やだ、ち――違う……早く、早く、終わらせてぇ……！）

感じているなどと思いたくはない。痛みで感じてしまうなどと一瞬たりとて思われたくない。こんな中年男相手に乱れる姿など見られたくない。

しかし叔父の言う通り、陰部に走る微細な苦痛が官能の熱と織り交ぜられつつある。陰毛を引っ張られるたびピリピリとした電流が走り、それがかえって粘膜の感度をあげている。味わいたくないペニスの脈動を独りでに拾い膣洞を震わせる。声も一際甲高くなり、揺れ躍る乳首がますます尖るのが否応なく分かってしまう。

「はっ、はっ、はっはっはっ……！」

――ずちゅずちゅずちゅずちゅずちゅ、ズンッズンッズンッズンッ……！

膣壁の小刻みな収縮を受け、ペニスもさらに熱く脈打ち一層ペースをあげてきた。濡れた粘膜は確かに肉棒を締めつけうねり、本人の意図とは別の意味で牡を果てさせ

ようとする。新たな蜜を零す膣襞は収縮に合わせて蠕動《ぜんどう》を行い、たとえ薄皮一枚越しにもぷりぷりとした弾力感を伝えていく。

「ん、んンンッ、あっあっ゛あッ゛あッあ゛あッ……！」

もはや璃沙には唇を噛んで声を押し殺す事しか出来ない。口を開けばきっと声が出てしまう。エッチな声、感じていると思しき声、そんなの絶対聞かれたくない、そんなのムカつく……！

そんな姪の耐え凌ぐ姿に叔父はますます興奮した様子で、ぐっと身を乗り出し覆い被さるようにして腰を振り立てる。

「はっはっはっはっ、お——おおっ……！」

——どぶりゅっ、ぶりゅりゅりゅりゅうっ！

不意に腰が強く押しつけられ中で肉棒がびゅくびゅくと震え跳ねた。カリの先端がみるみる膨らみ新たな異物が生まれる感覚。璃沙にも分かった。膣内で射精が行われたのだ。

「はあ、はあ——おっと、しまった。璃沙ちゃんがあんまり締めるもんだから、つい……」

「ああっ、ああ゛あ゛あ゛あッ……！」

丸裸となった丸いヒップがぶるぶると痙攣し太腿を強張らせる。膣洞が狭まり無意識に精液を搾り出そうとした。絶頂か、もしくはその一歩手前の反応。ぎゅっと目を瞑り上気しきった頬を逸らす。

牡の体重をその身に受けながら、璃沙は懸命にあらゆる反応を抑え込もうと念じ続けた。相手はイったが自分はイってなどいない、そう信じたかったし、そうでなければ悔しくて仕方なかった。

1分ほども続いただろうか、長い射精をようやく終えて叔父はペニスをゆっくりと引き抜く。

上気し霞がかった意識で璃沙はそのペニスを見やる。溜まっていたのか単純に量が多いのか。スキンの先端に溜まった白濁は今まで見た中でもっとも多量だった。

叔父は保《も》たせる気だったらしいが久々である事が仇となったのだろう。せめてもの抵抗として、早漏、と声に出せぬまま小さく罵倒する。

ともあれやっと終わったのだ、そう安堵し呼吸を整えようと努める。不本意であったが約束は果たした、早くシャワーを浴び一泊してからここを出ればいい。

が——「もう一戦いくかな」との独語を聞き、璃沙は耳を疑った。

「え……だって、もう……」

「別に一回だけとは言ってないでしょ。大丈夫、朝にはちゃんと帰してあげるから」

「っそんな……！」

叔父は使用済みスキンを捨て、新品のものを再度装着する。

一度果てた直後にもかかわらず、まるで萎える様子のない巨大な勃起《ぼっき》ペニスへと。

そして手を伸ばし、乱れた制服をも剥ぎ取ると、脱げかけのブラのみを残した姪に今一度迫り、淫唇にカリを押しこんだ。

「嘘、こんな——んああ゛あ゛あ゛あッ!」

またしても読みが甘かった事を、璃沙は認識せざるを得なかった。

※

「んあっ、んあっ、ンッ、ふあっあ゛あッ……!」

ベッドに両手をつき、後背位の形で璃沙が喘ぐ。裸に近いその肢体は丸いヒップを背後から掴まれ、中年太りが目立つ男に腰を打ち付けられていた。

一度射精が行われてから、これで何戦目となるのだろうか。二戦目と三戦目はそのままベッドで、四戦目と五戦目は立位で、それ以後は——分からない、もう覚えていない。

なんにせよ叔父は様々な体位で犯してきた。その都度たっぷりと膣肉を擦り、スキンに精液を吐き出せば取り替え、それでも萎えぬ肉棒を捻《ね》じ込み、飽きる事なくまた犯した。

途中で何度も中止を訴えたが、「これで終わりなんて勿体ないよ」と叔父はやめる素振りすら見せない。

璃沙は必死に耐えてきたが、三戦目に入る頃には耐えきれずに絶頂した。正確には違うかもしれない。己が事ながらよく分からない。あまりにも刺激が延々と続くため絶頂の境目が判じえなくなってしまったかに思えた。

「んあっんンッあっ、ああ゛あ゛あ〜〜っ！」

今また背後から突きまくられて、はしたない声をあげてしまう。連続で腰を振り、しかしまるで疲労した様子のない叔父。膣内に深く押し入る肉棒が快楽にびゅくびゅくと小刻みに痙攣し、もういくつ目かも知れないスキンに白い濁液をどっと吐き出す。

（だめ、だめぇ、頭おかしく――なっちゃうっ……！）

これほど長時間刺激を受けるなど初めての経験である。尻は赤くなるほどヒリつき、揺れ躍る乳房は痛みを覚える寸前まで来、全裸同然の身体からは汗珠が滴って髪まで濡れている。下手なスポーツを行うよりも余程動いているに違いなかった。

感度においてもあがりっぱなしで今や全身が震え続けている。豊かな乳房を掴まれるだけでじんじんと甘い痺れが走り、乳首をこねくり回されようものならば怖いほどに快感を得る。尻や太腿とて例外でなく、スパンキングを思わせる腰打ちに痛みを超えた性の昂りを見出していた。

そんな状態で敏感な膣肉を激しく擦られれば、とてもではないが耐え凌げるはずもなかった。

「はッはッンッンンッだめ、もうだめ、またイッ、イッちゃ――ぁ゛あ゛～～っ！」

――ビクビクビクビクッ！

椅子に座る叔父の膝上で、璃沙は全身をわななかせ鳴いた。

(悔しい……でもイっちゃう。熱いのぜんぜん収まんない……！)

もはやどれほど我慢しようが、身体はタガが外れたように官能の荒波を押し留めようとしない。繰り返し擦られ続けた膣肉が、快楽以外の感覚というものを忘れてしまったかに思える。あれほどキツく思えた巨根でさえ今では馴染んで小気味良く締めつけている。

そのリズミカルな膣襞の蠕動が、なおさら肉棒を悦ばせ、射精感を促している。

「ああすごい締めつけ、璃沙ちゃんのオマ○コはほんと素敵だよ」

一向に腰を止めない叔父に、璃沙は息も絶え絶えに喘ぎながら言った。

「はぁはぁ……ねえ、もう……いいでしょ……家に、帰らせてよ……」

すでにカーテンには陽の光が滲み、夜明けを迎えた事を示していた。

「ん？　ああ、もう朝か。仕方ない、朝には帰してあげる約束だったからね」

叔父とてとうに汗みずくであり時間を忘れて没頭していたと知れる。開封済みのスキンの袋は床に数多く散乱しており、改めてこの男の貪欲さと精力に呆れさせられる。

「じゃあ最後に、口でしてもらおうかな」

叔父は言って、ずるりと肉棒を膣から引き抜き、吐精前のスキンを剥がしてしゃがみ込む姪の鼻先に持ってくる。

「さあ、おじさんの咥えて」

「っ……ほんとに、これで終わりにしてよね……」

「もちろん。射精したらお終いにするから」

その言葉に璃沙は折れる以外なかった。ひと晩にも及ぶ性行為により身体は疲弊し鉛のように重い。これ以上続ければ本気で意識が飛びそうで恐ろしく、逆らう気力すら湧きはしなかった。

（あいつにだって、こんなことしたの、あんまりないのに……）

脳裏に浮かんだ彼氏の存在も今はなんら助けにならない。決して得意とは言えなかったが、とにかく射精させなければと拙《つたな》い仕草でカリ先を口に含む。

「んっ、〝むちゅッ――んっ、んっ、ん……」

悩む余裕もなく咥えはしたが目の前のペニスは饐えたにおいがして生臭い。そもそも精液の味からして美味とは言い難いものだ。こんなものを飲まされるなんてＡＶ女優も楽ではないと思った記憶がある。

それでもやるしかない、そう思い直し唇を吸いつかせ、恐る恐る舌で先端を舐めていく。

「ああ駄目だよそれじゃ。もっと奥までしゃぶってくれないと、おじさんイケないでしょ」

（えっ、ちょっと——⁉　ん゛、んンッ⁉）

驚いた事に叔父はちっとも満足出来ないようだった。間延びした顔に笑みを張りつかせ、頭を掴み腰を押しつけてくる。ぐっと挿しこまれた太い肉棒が舌を押し退け喉元まで迫ってきた。

璃沙は激しく咽《む》せた。こうまで深く咥えた経験はない。ましてこれだけ巨大なペニスなど。顎が外れそうな危機感を覚え、我知らず目を白黒させる。

そんな事はお構いなしに叔父は腰を振り抽送をしてくる。璃沙は鼻で呼吸しながら必死に咥えこみしゃぶる以外ない。

「ん゛んんッ、ンッ、ムグ、じゅぷッ……！」

（く、苦しい……吐きそう……そんなに突かないで、喉、壊れ、そうッ……！）

長い肉棒は喉奥まで届き、首筋にまで響くほどの刺激と衝撃を与えてくる。口内は目いっぱい牡肉に埋められ息苦しさに意識が飛びそうになる。陰毛から届く牡臭さえもが鼻腔を埋め尽くし感覚を麻痺させる。

それでも璃沙は、得も言われぬ奇妙な興奮に身を震わせた。口を犯されている。苦しいくらいレイプされている。身体中がおかしくなるくらい滅茶苦茶にされてしまっている。未体験の獣じみた荒々しい性交に、女としての何かが激しく突き揺らされていく気がした。

（いや、こんな……怖いくらい、私――あ……）

知らず夢中で舌を這わせ血管を舐めしゃぶっていた時である。

不意に耳慣れたメロディが鳴り響き、スマートフォンへの着信を知らせてきた。

「なんだ、いいところで……」

「ケホケホっ……！　ちょっと、勝手に見ないでったら……！」

叔父は一旦その場を離れ、ベッドの上から璃沙の携帯を手に取り眺めた。

そして何を思ったか、鳴り続けるそれを手渡してくる。

「君のお母さんからだ。心配してかけてきたみたいだね」

「で、出ろって、こと？」

璃沙はまたしても呆気にとられた。こういう時は「出るな」と言うのがセオリーであろう。この男の神経を疑いたくなる。

それでも終えるきっかけになるならばと、平時なら無視するであろう着信に迷いながらも応答する。

「……うん。なに？　……別に。どこだっていいじゃん、カンケーないし」

机に向かい叔父に背を向けての会話となった。ひと晩戻ってこなかった娘に母は不安と苛立ちを訴えてくる。事情を話すわけにもいかず璃沙はつれなく振る舞う他なかった。

「うるさい、ほっといてよ。そろそろ帰るしそれでいいでー——しょっ⁉」

が、予想外の出来事が起こった。突然背後から尻を掴まれたと思いきや、再び膣口に硬い異物がめり込んできたのだ。

(じょ、冗談でしょ⁉　今話してるとこなのにっ……!)

ペニスを挿入された事は、もはや視認するまでもなかった。熱く脈を打つ太く長く硬い感覚が、蜜でぐっしょりと濡れそぼつ膣孔を角度をつけてずりずりと抉《えぐ》ってくる。

だめ、感じちゃうっ——喉元まで出かかった淫らな嬌声《きょうせい》を、璃沙は、すんでのところで押し留めた。

「はぁはぁ——えっ、な、なんでもない……から……っ!」

息の乱れを察した母が電話越しに訊ねてくるも、無論言えるわけがない。今まさに犯されている真っ最中であり、しかも感じて——気持ち良くなってしまっているなどとは。

そう、気持ちいい。ほんの少し間が空いたのみながらも知らず膣肉は疼きつつあり、猛々しいとすら言える牡肉を深く受け入れて歓喜している。

その証拠に、中の膣襞は早速うねり、脈打つサオにぬるぬると絡みついていた。

「はぁはぁ、ンッはぁぁ……！　だ、から、なんでもない、って……っ！」

ペニスは小さく角度を変え、刺激に変化を加えながら火照った粘膜を引っかいてくる。新たな官能に身体が熱をあげ無意識に尻が悩ましく動いた。携帯を持つ手すらぶるぶると震え、声が甘ったるく上擦っていく。

背筋を駆けあがる快楽の波に璃沙は苦悶じみた表情を作った。早く通話が終わってほしい、声を殺すのがあまりに辛い、昂りゆく己自身をいよいよ誤魔化せなくなりつつあった。

「わかってる……う、んっ……ちゃんと今日中に帰る……から、ぁ……っ！」

途切れ途切れでしかない説明で果たして納得させられるか否か、不安を覚えながら必死に話し、どうにか終える。母の訝《いぶか》った様子にさえ、もう構ってなどいられる余裕はない。

「お母さん怒ってたかい？」

「ッ……ちょっと、さっき最後って……言ってたじゃん……！」

「まあまあ。出したら終わりって言ったでしょ」

叔父は悪びれもせずピストンを続けていた。興奮の混じる笑みは、声を殺す姿を見て楽しんでいたために違いない。

「でも、これで璃沙ちゃんとヤリ納めだと思うと、おじさん寂しいよ。また家出したくなったらおいでよ。いくらでも泊めてあげるからね」

「はぁはぁンッ、誰がっ……こんなとこ……ッ！」

「はは、ずいぶん嫌われちゃったもんだ」

　璃沙が膝をつき四つん這いとなると、叔父はその腰を両手で掴み直し、力強く腰振りを再開してきた。

「身体の相性はいいのになぁ」

「ンっあ、ンッ、はあっはあっはあ゛あっ！」

　もはや我慢など出来ようはずもなく情けない声で喘いでしまう。散々擦られ続けたためか膣肉はとろとろで無意識に肉棒に纏《まと》わりつきしごく。蜜はとめどなく溢れ汗に混じって太腿を伝う。剥き出しとなった肛門さえもが膣口と同様に収縮しヒクつく。

　肘をついた犬に似た姿勢は無様に思えるも立ちあがれない。耐えに耐えてきた身体は疲弊し容易に快楽に屈している。喘ぎ緩みきった口元からは唾液まで垂れてだらしない表情を隠しきれない。

（こんな中年のおっさん相手に、なんで私、こんなに感じちゃってるの……）

　いよいよ飛びそうな意識の中、そんな事を考えた璃沙は、ふと、目の前に転がる吐精前のスキンを見た。

「え……ちょっと、ゴムは？」

「ああごめん。さっきフェラの時に外したままだったよ」

「!? やだ、付けてって言ったじゃん……！　すぐに抜いてよ！」

意識すれば普段と感触が異なる事に気づく。粘膜が擦れあう濃厚な感触はスキンを通さないがゆえか。なんにせよ璃沙は焦った。

しかし叔父は、一層口角をあげ鼻息荒く腰を振ってきた。

「悪いけどおじさんもう射精寸前なんだ、今さら止まらないよっ……！」

「え、だめ、だめだったらだめ、あっ、ああ゛あ゛ああ〜〜っ！」

――ぬぷっぬぷっずぷっずぷっぐちゅっぐちゅぐちゅっ！

生でのセックスになおさら興奮したらしき叔父は、ここ一番と言わんばかりの怒涛のピストンを叩き込んできた。

(だめ、マジでだめぇ、生はいや、中は、だめぇ！)

璃沙はいやいやと首を振ったが抗う力はすでにない。何より全身が敏感になりすぎて触れられただけで反応してしまう。尻たぶを掴まれズシズシと肉杭を打ちこまれるたび、熱く蕩《とろ》けた若い襞肉は官能を甘受し艶かしくうねる。

「はッはッはッ璃沙ちゃん、おお璃沙ちゃん……！」

眼鏡を曇らせ熱気を帯びた叔父の腰が、限界に向けて打ち震えつつ動きを速く、小刻みにしていく。直に響く血管の脈動、張り出たエラ、硬い反り返り、それらすべてが性感を昂らせ少女もろともに頂点へとひた走る。

「はあっはあっあっあっ゛あ゛あ゛あ゛あ〜〜もうイッ〜〜イ、ク……っ〜〜！」

全身をがくがくと痙攣させながら璃沙はわななき歯を軋らせた。悔しい。ムカつく。言いたくない。イっちゃうなんて。

しかし背筋は波打つようにしてピストンを受け止め歓喜に悶えている。巨根へのキツさはとうに薄れ神経も膣洞もすっかり馴染み、激しく打たれる丸い尻たぶは独りでに持ち上がり抽送を受け入れる。心はどれほど拒絶しようとも身体が、膣洞が、子宮が、粘膜同士の激しい擦れあいに自然と酔い痴れてしまっていた。

やがて意識が混濁し始め脳裏がちかちかと明滅しだした頃——吠えるような野太い声が背後で一つ轟きあがった。

「はッはッはッはッ、おお璃沙ちゃん、おじさん出るよぉっ！」

「あ゛あッンあああ゛あ゛あ〜〜っっ‼」

——っドクン！　ドクッドクッドクッドクッドクッ……！

一際強く腰が押しつけられた瞬間、膣内に熱い何かが迸《ほとばし》るのを感じた。

初めてであるが直感で分かった。これが精液。白い種汁。これまで決して注がれる事のなかったそれが、今まさに膣奥へ向けて放出されたのだ。

（やだ、中出しっ――妊娠、しちゃう……！）

彼氏にだってさせたことないのに、と璃沙は胸中で呟いた。ぞくぞくと這い回る絶頂の余韻の中、怖い、と微かに思う。後悔と、様々な意味での口惜しさが、じわりと滲む涙に混じって流れ落ちていく心地だった。

「よいしょっと……ふう、ちょっとやりすぎちゃったな。ごめんね璃沙ちゃん」

最後に生で出来た事でようやく満足したのだろう。叔父はゆっくりと肉棒を引き抜き、紅潮した顔に人の好さそうな笑みを浮かべた。

「っ――うっさい……バカ……」

「ほら、おじさんが駅まで送っていってあげるから」

くしゃくしゃな顔を見られたくなくて、璃沙は腕で、濡れた目元を覆った。

※

それから程なくして、璃沙は叔父に付き添われ、最寄りの駅を訪れていた。

早朝なためか人は少なく皆、眠そうな顔をしている。

こんな早い時間に来るの、初めてだな。

そんな他愛ない事をぼんやりと考えていると、隣の叔父が口を開いた。

「寄り道しないで気を付けて帰るんだよ。ほら、切符買っておいたから」

「Ｓｕｉｃａあるからいらないし。あと親みたいなこと言わないでよ。ムカつく」

「璃沙ちゃんは可愛いから変質者に狙われないか心配でね」

「なにそれ。っていうか、変質者はそっちじゃない。マジ、サイテー」

少しでも虚勢を張ろうとすれば自然と憎まれ口しか出てこない。

なんにせよクタクタだった。ひと晩中性交する事など現実にあるとは思ってもみなかった。それもレイプだ、いかに納得済みとはいえ腹を立てずにいられようものか。

そしてこの善人候な面《つら》である。割と真面目に心配してくれているらしい。なまじ気遣いが見えるだけに腹立たしさも一入《ひとしお》だった。

「じゃあ、またね。璃沙ちゃん」

ホームで叔父と別れた璃沙は、ふん、とそっぽを向き返事もなく列車に乗ったのだった。

「――璃沙！　どこ行ってたの、お父さん呼んでるからちょっと来なさい」

自宅に着いたのは皆が家を出る時刻だった。早速目くじらを立てる母に「あとで行くから」とだけ言い残し、璃沙はそそくさと自室に籠る。

――散々な目にあっちゃった……。

ベッドに身を投げ出し、浮かぶ感想は総じてそのひと言。

もう疲れた。とにかく疲れた。今はさっさと寝て、それから色々考えよう。

そう思い、現実から目を背ける心地で目を閉じようとした、その時であった。

耳慣れた着信音が鳴り、携帯にＬＩＮＥのメッセージが来ていた。

――おじさんが預かっておくよ。いつでも取りにおいで――

そのメッセージと共に送られてきたのは。

なぜか、どうしてか穿き忘れていた、脱がされたままのショーツの写真である。

「……ほんと、サイテー……」

怒る気にすらもはやなれず、璃沙は携帯をベッドに投げ出した。

# 二章　Play lingerie（破廉恥な撮影会）

S県H市、私立N学園。遠く海辺を一望出来る見晴らしの良い美しい学び舎。

白亜色の巨大な建物の二階に位置するその一室が、皆川璃沙が現在通う教室だった。

「――おはよ」

朝礼前の気だるさと活気の境目の時刻、璃沙は教室のドアを開け、友人らに向けて軽く手をあげた。

「おは璃沙、今日は来るの早いじゃん」

ノリの軽そうな一人が机に尻を乗せたまま手を振り返してくる。

「ってか、この前はごめんねー。ちょい弟が熱だしてさー」

「あーうん、急だったたこっちも悪かったしさ」

「あー、ちょい前の泊まらせてって話？　アタシも拒否っちゃったけどさー、なんかあったん？」

「大したことない。ちょい親がウザくってさ」

適当に受け答えしつつ、その話題には触れないでよ、と璃沙は内心思う。

あれから4日。家に戻ってからとりあえず寝て起きて、親の説教に辟易した後に待っていたのは、なんら代わり映えしない見慣れたいつもの日常であった。

家を出て駅に向かい、電車に揺られ、学園に着けば友人らとつるみ、放課後は遊ぶか渋々塾へ通ってから家に帰り、また寝る。

その繰り返し。あんな出来事があったというのに世界は何一つ変わっていない。

この現実に、安堵するような、不可解なような、奇妙な感想を持つ自分がいる。

「分かるー。ウチの親もウザくってさ。泣きそーな顔して説教しやがんの」

「そーそー」「マジウザい」「うるさいよね」——等々、仲間たちはしたり顔で笑いあう。

恐らく皆、レイプされた経験などないだろう。泊まり歩きは日常茶飯事でも、そこに危険が潜んでいるとはさして考えていないに違いない。

自分は違う。手痛い目にあわされた。今にして思えば不用心であったのは確かだ。

だが、それを認める事と現実を受け入れる事は、別の話である。

璃沙の胸中には、あの夜の出来事が克明に刻まれ、今もなお尾を引いていた。

「——ねー璃沙、聞いてるー?」

「——あ、ごめん。なんだっけ?」

話を合わせていたつもりが、我知らず物思いに耽《ふけ》ってしまっていたようだった。

「C組の例の女ー。彼氏持ちなくせに援交やってるって話ー」

「ああ、その話ね。ヤリマンって噂だよね」

どうやら他人の噂話で盛りあがっていた様子である。

男子にばかり目が行きがちだが、女子とて猥談は普通にするし、その手の情報には耳が早い。古今東西、若者の話題は男女問わず性関係が主流と相場は決まっているのである。

嬉々として話す友人らは、唐突に話題をこちらに振ってくる。

「璃沙はいいよねー。イケメンの彼氏いてさー」

「アタシも欲しーなー彼氏。最近ヤってないし」

璃沙は呆れて「またそれー？」と笑った。

その彼氏持ちがあのような真似をしたと知ったら、皆どういった顔をするのだろう。呆れるだろうか。羨むだろうか。はたまた同情するのだろうか。

疑問に思いもやもやとしたが、同時にその話題は、幾らかの安堵をもたらしていた。

（別に……いいよね。あんなのノーカン。ホテル代替わりに一度だけってコトで）

同じ学園、身近にあってすら、小遣い欲しさに見知らぬ男と寝る女もいるのだ。それに比べれば自分の行いなど大それた話であろうはずがない。

少しばかり援助交際もどきをした。ただそれだけだ。そうでなければ癪に障る。気にするだけ無駄だと己を説き伏せ、璃沙は仲間らに言った。

「ねー、今日遊びに行かない？　新しいブティックできたって話だし、いっぺん見てみたくってさ」

「オケー、今年の夏物見ときたいし」

「ちっとは彼氏相手してやんなよ、部活で忙しいからってさー、きゃはは」

気晴らしにはやはり仲間内で街に繰り出すに限る。

今日は大いに羽目を外そうと璃沙は心に決めていた。

※

ブティックを回り、夕食がてらデザートを食べ歩き、カラオケで締めてその日はお開き。

それが本日の璃沙たちの道程となった。

全員で揃うのは実に久方ぶりだったため、放課後という短時間でさえ話題には事欠かず会話は弾んだ。

満足した璃沙は足取りも軽く、夜更けの門扉を押して通る。

そこで彼女を待っていたのは、相も変わらぬ両親からの叱責《しっせき》であった。

「こんな時間までどこに行っていた？　真っ直ぐ帰れといつも言ってるだろう！」

ああまただ、と璃沙は気分を害した。もう子供でないのになぜ逐一管理されねばならぬのかと、反発心がむくむくと首をもたげる。

ことさら不快感を表し「うっさい」とだけ言って横を通り過ぎようとする。

「待ちなさい！　どうせまた不良連中とつるんでいたのだろう。友人を選べ」

「っ……不良じゃないったら。みんな普通よ」

この手の説教がもっとも癇に障るのだと、父は未だ理解していない。

友好関係にまで口を出すのは、誰と、どう付き合い、どのような人生を歩むのか、言わばすべてに物申すのと同義ではないか。

「普通なものか、こんな夜遅くまで遊び呆けて。どうせ赤点ばかりの劣等生だろうに」

自身が名門大学出身で学歴を誇るがゆえなのだろう、父は平然と友人らを見下した。そういった姿勢こそが娘の反感を呼ぶとも気づかぬまま。

「例の彼氏もどんなやつだか。学業そっちのけで恋だの何だの、まともな学生のすることじゃない。はみ出し者の予備軍だ」

「勝手なこと言わないでよ、一度も会ったことないクセに！」

無視しようと思っていたが、こうまで言われては腹も立とうというものだ。一体何様のつもりなのか。物事を上辺で判断するなと常日頃から説いておきながら、自分たちこそ上っ面だけで見定めた気になっている。思春期の少年少女にとっては型に嵌《は》まった人生観など唾棄すべきものでしかないというのに、そこに考えが至らないか、もしくは軽視しているのだ。

もううんざりだ。己の物差しでしか他人を測れない大人となど、顔も合わせたくはない。

璃沙は今度こそ自室に籠り、放り捨てるようにカバンをベッドに投げ置いた。

（マジ鬱陶しい。そんなだから家出したくなるのよ）

どこの親も同じと聞くが、自分の親は度を超しているとしか思えない。成績ばかりが人生でないのが、真面目に生きるばかりが能でないのが、なぜ分からないのか。分かろうとしないのか。

今の璃沙には経験から来る親なりの結論である事など、理解しようもないのである。なんにせよ嫌気が差した璃沙は、再びプチ家出でもしてやろうかと半ば本気で思案する。

そしてスマートフォンを掴み、友人らにＬＩＮＥを送ろうとした時であった。

（あ……これ、この間のパンツの写真……まだ置いてきたままだったっけ）

叔父から送られた先日のＬＩＮＥが偶然目に留まり、渋い表情でそれを睨む。

しばし黙考する。あの男の手中に有り続けるのは控えめに言っても面白くないが、かといって再度顔を出せば何をされるか知れたものではない。

諦めて無視するのがもっとも賢明な選択であろう。その程度は璃沙にも分かるが、親の顔を見たくない心境が別方面から背を押していた。

（また顔出しするのは癪だけど……あれでまたシコられると思うとゾッとするし）

いささか言い訳じみてはいるが、タイミングとしては好都合なのも、事実である事には違いなかった。

※

――ポーーン……。

電子合成音特有の、どこか玩具じみて聞こえる低い呼び鈴の音が鳴った。

夜の玄関にて待つこと10秒ほど。「はいはい」との声と共に、無機質なドアががちゃりと開いた。

「ああ、璃沙ちゃん！　来てくれたんだね、おじさん嬉しいよ」

顔を出したのは大柄で中年太りの男、叔父の皆川逸であった。

その中身とは裏腹な善人候の笑顔を見た璃沙は、苦虫を噛み潰したような表情を隠そうともせず口を開いた。

「言っとくけど、泊まりに来たんじゃないから。パンツ……返してもらいに来ただけ」

期待した様子の叔父に対してへの、釘を刺す意図がありありと口調に表れていた。

「残念だなあ。いつ泊まりに来てくれるのかと期待して待ってたのに」

冗句か本気か、叔父は笑顔のままそんな事を言う。

「ささ、立ち話もなんだしどうぞあがって。すぐお茶を入れるから」

勧められるまま璃沙はあがるが警戒を解くわけはない。寝込みを襲うような男だ、信用など出来てたまるものか。

だが、にもかかわらずのこのこ来てしまうあたり、間抜けではないかと璃沙は思う。

「……早くあれ返してよ。好きに取りに来いって言ってたでしょ」

「まあまあそう焦らないで。ほら、ケーキもあるから遠慮なく食べて」

お茶と一緒に出されたケーキを見て璃沙は半眼となった。子供相手じゃあるまいし、こんなもので釣ろうとでもいうのかと。

ところがその一風変わったボタンホイルを見て、思わず目の色を変えた。

「あ、これ……銀座の有名ホテルのじゃない。超高いやつ」

「そろそろ来てくれるかもと思ってね、つい先日買っておいたんだよ」

舌が唾液で濡れてきたのが自分でも分かる。オーソドックスな外見のケーキだが香りからして並品と違う。厳選された高級の栗と生クリームの甘い芳香が、鼻と食欲をふわりとくすぐってきた。

モンブランである点も気を引く要素となり得た。ひょっとすると、叔父は好物を覚えていたのかもしれない。

「ま、まあ、せっかくだし、食べてあげるわ」

そう言い捨て、さして興味がない風を装い安物のフォークを手に取る。どうか頬がニヤけませんようにと信じもしない神に祈りながら。

その祈りが届いたか否かは、叔父の表情でしか察する事は出来そうになかった。

「今日もご両親と何かあったのかい？　こんな時間に来るなんて」

「……別に。カンケーないし」

「言うだけ言ってみてよ。それくらいなら構わないでしょ？」

璃沙は二個目につけていた手を止め、諦めを込めて吐息を漏らした。

言うだけならばタダなのだ、愚痴るだけ愚痴って帰ればいい。そう考え、ぽつぽつと不満を口にし始める。

そして――30分が過ぎる頃には、甘味も相まってか、すっかり舌が軽くなっていた。

「でさ、何かっていうとみんなのことバカにするわけ。文句言わず勉強するやつだけがまともだって思ってるの」

一度漏れ出た愚痴は際限なく口から溢れていた。聞き上手というわけでもなかろうが、叔父は笑顔で相槌を挟みつつ聞いてくれている。そういうおおらかなところは兄弟であっても父とは似ても似つかなかった。

愚痴るだけ愚痴ったおかげか、四つ目を食べ終えた頃には幾分か気は晴れていた。

「それじゃ、私もう帰るから。パンツ返して」

璃沙はつんとした表情で掌を上にして差し出した。叔父も約束を破る気はないようで、素直にクローゼットへと件の代物を取りに行く。

警戒は取り越し苦労だったかと若干安堵した璃沙は、しかし、ふと思い至り難しい顔を作った。

(あれってつまり、叔父さんがシコったパンツ、なのよね……)

先日に見た光景を記憶の淵から手繰り寄せ、気分が悪くなるのを自覚する。

果たして返してもらえる事を喜んで良いものかどうか。

悩んだ末に出した答えは、否であった。

「やっぱいい。叔父さんの精液ついてるやつだし」

「ひどいなあ。射精前だったし、ちゃんと洗濯してあるよ」

「無理なもんは無理。っていうか、シコったパンツ私に穿けっていうわけ?」

「う〜ん、残念だなぁ。カウパー付きのパンツ穿いてもらえるって期待したのに」

「はぁ?」

璃沙は冷や汗を垂らしながら「頭おかしいんじゃない?」と呟いた。やはり変態だ、まともに付き合えば馬鹿を見るに違いない。

「そうか、無理か。――じゃあ、こっちのはどうかな?」

と、呆れた璃沙が立ちあがろうとした時であった。

人好きしそうな笑顔のまま、叔父は再度クローゼットを漁り、何かを手にして戻ってきた。

「え――はあ？　なんでそんなの着なきゃいけないわけ？　ってか、なんで女モノの下着とか持ってんの？　キモすぎ。吐きそう」

叔父が目の前で広げたものを見て、璃沙は本気で気色悪そうな表情を浮かべた。

それは文字通り女性用の下着、独り暮らしの男の家にはあるはずのない代物である。通販か何かで買ったのだろうが盗んだという方が信憑性が高そうで不気味だった。

それも妙に色気のある下着である。薄いブルーを基調とした黒い縁取りのある上下。シンプルながらもフリルで飾り、濡れたような光沢を持ち、下は腰の左右で結ぶ、俗に言う紐パンであった。

「そう言わずにさ。ちょっと着てみせるだけでいいから」

叔父は悪びれた様子もなく勧めるも、璃沙は無論のこと「嫌」と突っぱねた。一体何をどうすればこの流れとなるのか、考えるだけで頭が痛くなりそうだ。

しかし叔父は今度は下手《したて》に出て、「気に入ったならプレゼントするから」「またケーキ買ってきてあげるから」などと執拗に食い下がり口説き落としにかかった。

璃沙も当初こそ拒否し続けたが、あまりのしつこさや、いい加減帰りたいという希望、満腹となって気が緩んでいた事から、試着のみという条件で渋々承諾する運びとなった。

まったくもってどういう神経をしているのやら。ぶつぶつと悪態をつきつつ諦観に似た心地で脱衣所にて着替えること5分ほど。

一つ嘆息し、不承不承、姿を披露してやると、それを見た叔父は目の色を変えて喜んだ。

「おお、とっても素敵だよ璃沙ちゃん。思った通り、ぐっと大人びて見えるよ」

「…………これでいいんでしょ？　ほんと、マジ変態……」

欲情の色を隠さないところが余計に腹立たしかった。この程度ならばと承諾したのだが、間違いであったと軽く後悔した。

それになんといってもやはり恥ずかしい。露出過剰は誇張表現だが明らかに異性の目を意識した代物であり、腰から揺れる紐は長く、解かれるためであるかに見えた。ついでに言うと、実は胸元が少し辛い。サイズが合わないのだろう、谷間が盛りあがり窮屈である事が傍からも窺えた。

下から上まで舐めるように眺め、叔父は笑みを濃くする。

「璃沙ちゃんは胸が大きいねえ。Dカップでも収まりきらないみたいだね」

「う、うっさい、もう、いいでしょ……」

恥ずかしさからつい目を逸らしてしまっていた。思えばこうまで大人向けの下着は着けた経験がない。背伸びしたい年頃であっても、その行動にはちぐはぐな面も多いのだ。

そんな姪の仕草を見て叔父は満足げに頷く。

次いで机からカメラを取り出し下着姿の彼女に向けた。

「ちょっ、何してんのよ……⁉」

「せっかくだから撮影しようと思ってね。大人になった璃沙ちゃんの姿も撮っておきたいし」

「やだ、ちょっ……キモいんだけど……！」

反射的に顔を隠したがすぐに無意味と知れた。一眼レフの重厚なカメラは顔のみでなく半裸の肢体を被写体とし続ける。細い腕で隠そうにも、すべてを覆うにはあまりに心もとなかった。

露骨な下心に腹が立つも、この際だから諦めた方が無難だろう。セックスを求められるよりかは良心的と言えなくもないのだから。

恥じらう方がむしろ恥ずかしい、そう考えて璃沙は極力堂々としようと心掛けた。

「いいねえ、腰のラインなんてぐっとくるよ。とっても似合うしまるでグラビアアイドルみたいだ」

一端《いっぱし》のカメラマン気取りなのか、叔父はおべっかを挟みつつ上から下から撮影してくる。

（ふん、バカじゃないの。おだてればいい気になるとか思ってるわけ？）

そうは思ったが、面白くない事に悪い気はしなかった。ムカつくという感情とは裏腹に見え透いた誉め言葉に心が目を向ける。彼氏との行為では得られた事のない奇妙でささやかな優越感が、そこにはあった。

「じゃあポーズを変えてみようか。少し横向いて軽く前屈して――そう、そんな感じ」

「ウザ」と口では悪態をつきつつ不思議とさほどの反発心はない。大した事じゃない、その程度今さらなによ。そう内心で漏れる悪態が、どこか言い訳じみているのは果たして思い過ごしだろうか。

軽く尻を突き出してやると叔父はささっと背後に回り込み、喜んでシャッターを切りまくった。

「お尻もいいねえ、きゅっとこう上向きなのがセクシーだよ。こういう色の下着もとってても似合うよ」

「ちょ、ちょっと、あんまり近づかないでったら！」

背後なため気づくのが遅れたが、レンズは10センチ以下ほどに接近し尻を間近で撮影していた。

仰け反る形で遠退き「もう着替えるから」と脅すと、叔父は悪戯を見咎められた子供のように笑った。

「ごめんごめん。じゃあ今度は、こっちのを着てくれるかな」

「ま、また？　っていうか、いくつ持ってるのよ……」

　再び出された新品の下着を見て璃沙はまたしても呆れ返る。仕事用の参考資料だよと叔父は言うが、趣味で集めたに違いないと璃沙は半ば確信した。

　なんにせよ今さら断るのも面倒で、仕方なく着替えて撮影させてやる。今度の下着はフリルの多い薄紫のブラとショーツで、ストッキングとガーターベルトがセットとなった代物であった。

　カメラを向けられずとも璃沙は恥じらいを覚える。愛らしくもあり大人っぽくもある装飾の多いデザインは、案外好みであると同時にコケティッシュさを感じさせた。

　レンズが向くと、不意にどきっとしてしまう事に驚く。今の自分は普段より綺麗で色っぽいだろうか。他人の目からはどう映るだろうか。買い物時の女性にありがちな着飾る己の姿の妄想、その時に得る高揚に似たものが熾火のごとく燻《くすぶ》っているのが分かった。

「ううん、こっちの下着もよく似合うねえ。ほら、ポーズ取って。可愛らしく撮ってほしいでしょ？」

　璃沙は無言で睨んだものの、その頬は微かに色味を帯びている。羞恥と高揚がせめぎ合い内心戸惑っているのだ。

渋々といった態度でポーズを取ると、待ってましたと言わんばかりにカメラのフラッシュが細かく飛ぶ。

下着姿でこんな格好して写真まで撮られてる——考えるだに恥ずかしく、不覚にも興奮を覚え、徐々に心音が耳の奥に響いてくる。

「谷間もキュートだねえ。お臍の形も綺麗だ。ささ、今度はこっちを着てみようか」

次に渡されたのは大人びたイメージを前面に押し出した下着であった。コットン製の黒い上下とストッキング。ブラはハーフカップで谷間の露出が多く、ショーツは危険部位以外が薄く透けて見えている。落ち着いた装飾は子供向けのそれとは異なる、控えめでアダルトな妖艶さを演出していた。

脱衣所の鏡を見た段階で璃沙は思わず赤面した。こんな格好で人前に出れば誘っているとしか思われないだろう。豊かに盛りあがる露わな谷間と白さが際立つ太腿を見て、自らの艶姿に知らず生唾を飲む。

そして叔父の声に急かされ、おずおずと姿を披露すれば、あからさまな興奮の声とフラッシュの洗礼が待っていた。

「素敵だよ。ちょっと大人っぽすぎるかなと思ったけど、すごく似合ってるよ璃沙ちゃん！」

「うっさい……こんなの着せて、変態オヤジっ……！」

本音はすぐにも隠れたかったが今さら逃げれば恥じらっている事が知られてしまう。

些細なプライドに足を取られ、ぐっと歯を噛み指示通りにポージングを行う。

「とっても綺麗だよ璃沙ちゃん。昔は小さかったけど、今じゃすっかり年頃の女の子だねえ。ああ、こうしてるだけでおじさんムラムラしてきちゃうよ……！」

欲情を隠しもしないというのに、なぜか腹立たしさは希薄であった。そんな事より胸の高鳴りが気になっている。背後から撮られる背中と腰、間近で見られる胸や首筋、それらに意識が行き、触られてでもいるかのごとく淫らな気分になってくる。

（どきどき、して……なによこれ、こんなの……初めてかも……！）

実際に触れられた方がマシなのではないかとさえ思えてくる。触れるのはカメラの光のみ。他は形のない牡の視線。手を出さぬ事でかえって焦らされているかのような、奇妙なもどかしさが肌の表面を這いずってくる。

初体験の時でさえ、ここまでの高揚感はなかったように思う。称賛され、それを見せびらかし、牡の反応と欲情を夢想し密かな悦に浸る。己自身の色香に酔う。グラビアモデルたちが嬉々として被写体となるのも、こういった心境ゆえなのかと想像する。

気づけばロクな抵抗もなく指示通りポージングを行っていた。新しい下着を手渡され、素直にそれを着こんでいた。

（やだ、これも……恥ずかしいじゃない。スケスケで下手に肌出してるよりもっ……）

今度の下着は薄いブルーのベビードールタイプであった。女子高生ならばまず無縁であろうインナー。面積は多くとも薄い生地ははっきりと透け、隠すべき部位が見えているという心理的興奮を誘っていた。

璃沙の表情には、初めてはっきりと羞恥の色が浮かびあがる。

見せる事を、否、誘惑する事を意識したとしか考えられないデザイン。

「いいよ璃沙ちゃん、こういうのも絶対似合うと思ってたんだ」

叔父は片膝をつき早速シャッターを切る。戸惑う璃沙はどうして良いものか分からず、睨むとも拗ねるともつかぬ表情で軽くポーズを取り続けた。

（そんなに撮らないでよ……恥ずかしくって、なんだか……変な気分に……）

V字に切れ込んだ胸の谷間を、うっすらと見える下腹部を、剥き出しの太腿を、小ぶりなショーツを、赤らむ顔を撮られるたびに、これまで経験した事のない熱っぽい感覚が脳裏を焦がす。

なぜこうも興奮するのか自分でも分からない。そうだ、興奮している。いやらしい笑みを浮かべるこの男に、様々な角度から撮影されて、その都度羞恥を覚えるというのに身体が火照り心は浮つく。きゅっと唇を噛んでみせるも、自身の変調はそこまで迫り危機感さえもが身体を熱くした。

それと知ってか知らでか、叔父は膝下からカメラを上向け内腿の付け根をカメラに収める。

「おや、肌が赤らんできたねえ。少し汗ばんでるかな？」

眼鏡の奥の細い眼差しが目ざとく変化を捉えてきた。

「部屋の温度高かったかな？　ごめんねえ、おじさん寒がりで」

わざとらしい台詞が癇《かん》に障るものの、璃沙にはあまり余裕がなかった。興奮など気のせいだ、そう言い聞かせてさっさと切りあげたかった。

しかし叔父は、さらなるポージングを要求してきた。「胸元を軽くはだける感じで」と言い、胸の谷間に触れるほどレンズを寄せてきたのだ。

「ちょ、ちょっと……嫌よそんなの、近すぎっ……だから……！」

「頼むよ璃沙ちゃん、写真だけだから、ね？」

歯噛みしたが結局璃沙は渋々折れた。すでに胸どころか淫唇すら見られているのだ、今さらこの程度、と無意味に自分に言い訳をしていた。

「う〜んいいよ、とっても色っぽい。大きなおっぱいが溢れそうで、おじさんどきどきしちゃうよ」

叔父の言う通り、襟ぐりを開くと胸の谷間がよりくっきりと露わになった。Eカップものたわわなバストは、歳不相応なほどふっくらと盛りあがり見事な谷間を作っている。軽い前屈とはだけかかった肩紐が、ファインダー越しに男を誘っているかに見えた。

しかもその白い肌は、薄く汗が浮き淡く色づきつつあった。空調のおかげで決して暑くはない。にもかかわらず肌は熱を帯び、至近距離でシャッターが切られるたび胸の奥で心拍が速まる。

もうこれ以上は嫌、今すぐこんな事やめて帰ろう……。

そう思ったが、なぜか言い出す勇気が持てず、身体はその場から動こうとしない。まるで本音では続けてほしがっているかのように。

目の前のレンズがフラッシュを焚きながら、胸の膨らみをなぞるように、ゆっくりと降りていく。

「腰も細くて本当に綺麗だ。ああ、おじさんそろそろきつくなってきたよ」

見ると叔父は腰を屈めて股間を片手でさすっていた。スラックスの前は欲情を知らせ派手に膨らんでいる。平素なら滑稽に思えるそれから今の璃沙は目が離せなくなっていた。

カメラはなおも降り、薄布越しに小さなショーツを撮影した。

そのレンズが、1センチ、また1センチと徐々に近づき、やがて際どいほど迫り来ると。

叔父の無骨な手が、ぐいっと膝を割り開いてきた。

「い、嫌、やめてよちょっと——そんな、とこまでっ……！」

「だめだよ暴れちゃ。被写体はカメラマンの言う通りにしないと」

軽く開かれた両足の間にカメラごと頭が割りこんでくる。真下から陰部を撮影する気なのだろう。璃沙は羞恥と焦りを覚え、両手で頭を押し退けんとした。

しかし体勢が悪かったためか、足がもつれて床に尻もちをついてしまった。

そこへ叔父が頭を割りこませ、これまで以上の至近距離からショーツのクロッチを撮影してくる。

「あっ、だ、だめ、やめて、よッ……！」

「おお、筋がくっきり浮き出てるねえ。これはいやらしい、撮影し甲斐がある」

押し返そうにも力がうまく入らなかった。足を閉じ、這って遠ざかる事すら出来ない。燻り続けた身の内の興奮が、それを邪魔していた。

（やだ、これじゃ前と同じじっ……緊張したみたいに、どきどき、しちゃって……！）

カメラは文字通り触れるほど接近し、薄い布地に浮き出た淫裂をメモリに保存していく。シャッター音が耳に入ると、それだけで内腿が小さく震えてしまっていた。

しかも事態はそれだけで済まない。叔父の間延びした顔に、抑えきれない陰湿な欲望が浮かびあがってきた。

「おやあ？　よく見るとここ濡れているねえ。どうしたのかなあ璃沙ちゃん？」

「っ…………!?」

自分でも薄々勘付いてはいたが、薄いブルーのショーツのクロッチには確かに沁みが浮き出ていた。撮影中に出来てしまった隠しようもない興奮の証が。

赤面し言葉に詰まる璃沙に、叔父はなおも責めの手を加える。

「せっかくの下着が台無しじゃないか。いけないなあ璃沙ちゃん、お漏らしなんてしちゃ」

「お、お漏らしなんかじゃ……やだ、見ないでっ……！」

隠そうとした手が払われ容赦ない視姦が陰部へと突き刺さる。食い入るように見つめ、いやらしい笑みを浮かべ続ける叔父。視線をひしひしと感じる膣口が無意識にひゅくっと小さくわななく。

からかわれているという感覚に璃沙は反感を覚えずにいられない。今すぐ着替えて帰ってやる。こんな場所になど二度と来てやるものか。

だが思考に反して身体は言う事を聞かなかった。いや違う。頭の奥からぞくぞくとした感覚が溢れ、思考そのものが鈍化していくのだ。

「お漏らしじゃないなら何かなこれは？　調べてみる必要があるねえ」

叔父はそう笑い、1センチもない至近距離からクロッチの沁みを撮影してくる。

璃沙は思わず、あっ……と呻いた。触れられたわけではない、カメラの光が当たっただけである。だというのに陰部の奥が、微かに甘く痺れてしまうのが分かった。

——カシャッカシャッカシャッカシャッカシャッ！

やめてよ、撮らないでお願い——心中でそう叫ぶも、身体はやはり力が入らず床の上で震え続けた。上体を起こす事すら出来ず、仰向けで足を開かれたまま光とシャッター音を浴び続ける。

カメラは陰部のみならず内腿や尻肉、下腹などをも繰り返しレンズに収めていった。何かのスイッチが入ったのか、それらの部位を撮られるだけでも皮膚がちりちりとヒリつくようだ。快感とさえ言って良いものが下半身からじわじわとせり上がってくる形だった。

「んん？　こっちは乳首が立っているねえ。先端にポッチが浮き出てるよ」

レンズが捉えた胸の先端は確かに小さく尖って見えた。全体的に薄い生地なのだ、透けんばかりのカップの中心には薄い桃色がほのかに浮かび、改めて視線を浴びる感覚になおさら反応し硬化する気がした。

そこも間近で撮影されて、璃沙は唇を噛みひくひくと肩を震わせる。知られている。乳首が勃起している事を。アソコが濡れて綻んでいる事を。承知の上で叔父は空とぼけ、言葉と視線で嬲っているのだ。

（でも、どうして……すごく、興奮しちゃうっ……！）

これほどの昂りを覚えた事は記憶を探ろうとどこにもない。愛撫をするでもされるでもなく視線のみで濡れるなどと。屈辱ですらあるというのに発情していく己が止められない。

満足に身動ぎすら出来ぬ肢体に、男の指が無遠慮なまでに伸びる。

「じゃあ、この奥はどうなってるかな？　どれどれ……おお、もうぐっしょりじゃないか」

「や、やだ、やめてそんなっ――いやぁ……！」

ついにショーツのクロッチがずらされ淫唇が直に見られた。沁みを作るほど潤ったそこは吹きかかる鼻息と視線に反応し、キラリと光を反射しながらヒクンと独りでに小さくわななないた。

あまりの羞恥に璃沙は堪えきれず両手を伸ばし、叔父の頭を押し返そうとする。

が、それでも叔父はシャッターを切り、剥き出しの粘膜をカメラに収めた。

「いや、いやだってば、あンッ、ンッ……！」

「嫌だって言う割には随分と感じてるみたいじゃないか。ほら、どんどんエッチなおツユが漏れてくるよお？」

もはや璃沙には叔父の暴挙を止める術はなかった。認めたくないが、身体はとうにスイッチが入り肌を桜色にして感度をあげている。発情した女体は容易に冷める事はなく、たとえ恥辱行為であろうとも性的刺激として受け取ってしまうのだ。

「こんなに濡らしちゃうなんて、本当はおじさんじゃなくて璃沙ちゃんの方が欲求不満だったんじゃないのかい？」

ちくちくと言葉でなじられる事すら不本意ながらも脳裏を熱くした。勝気な璃沙は苛めを受けた経験がない。その自分が苛められながら、淫らな姿を撮影されながら感じている。想像すらしなかった未知の官能に理解が追いつかず翻弄《ほんろう》されていく。

（恥ずか、しい……怖い……でも、なんで……身体中、溶けちゃうみたいっ……！）

全身が熱い。腰の骨まで焼け付きそうだ。羞恥と興奮の区別がつかなくなり吐息までが弾み始める。シャッター音が響くたびに自分の中で何かが変わっていく。変えられていく。理性は危険を訴えるものの胸と下腹がかっかと燃え盛り、熱い視姦に陶酔していく。見知らぬ恍惚《こうこつ》を覚えていく。

やがて拒絶の思惟さえもが、混濁に埋もれて曖昧なものとなってくる。

そして文字通り密着撮影された瞬間、とうとう甘い鳴き声をあげた。

「あンンッ、だめ、触るのはぁっ……！」

レンズが直に押しつけられて陰部にヒヤリとした感覚が走る。くちゅっという卑猥な音。激しい羞恥。間断なく響くシャッター音。こねくり回される粘膜の感触。すべてが一斉に襲い掛かり全身を大きく震わせる。興奮で意識が飛びそうになる。

「暴れないでね璃沙ちゃん、成長した大人オマ○コもしっかり撮影しておかなきゃ」

上下左右にレンズを擦り合わせ濡れた粘膜を刺激してくる叔父。決して好みでない、むしろ対極に位置する異性に、しかし璃沙は官能の声色と仕草を隠せない。

うわ言のように、だめ、だめ、と繰り返しながら腰を小さく揺すって震える。レンズに蜜が絡む音色にますます興奮の高まりを覚え、時折ぴくんと尻を跳ねさせ甘い疼きを下腹に募らせる。

それでもムカつくと思えてしまうのは、思春期ゆえの反抗心か、生来の気性ゆえか。ともあれ璃沙は、乱れた呼吸のまま潤んだ瞳で睨みつけた。

「はぁ、はぁ……変態っ、こんな写真撮るとかサイテー……！」

感じているのはもう隠せはしないだろうから、せめて罵倒くらいはしてやらねば気が済まない。

もっとも、それで怯む程度の男なら、最初から軽くあしらえたであろう。

叔父は余裕とさえ見える笑顔でスラックスのみをさっと脱ぎ捨て、とうに硬くいきり立った股間の肉棒を曝け出した。

「ちょ、ちょっと、もうしないって私言ったし……！」

「分かってるよ。本番はしないんだよね。だから――」

今日はこっちでしてもらおうかな。叔父はそう言ってずれたショーツを抜き取ると、太腿を掴み、それを真ん中でぴたりと閉じ合わせ、天井に向けて垂直に立たせる。

そして自らは膝立ちとなり、太腿の隙間にペニスを押しこむと、剥き出しの膣口にずりずりと擦り合わせてきた。

「おお、すごいねえ。璃沙ちゃんのここ、もうすっかりふやけてるよ」

「ちょっ、やだ、何すんのバカっ――あんッ、や、あッ、ンンッ……！」

――ぬちゅっ、ぬちゅっ、ずりゅっ、ずりゅっ……。

相手の意図を理解した時には腰がスライドを開始していた。風俗などでは定番と聞くスマタをやろうというのだ。

（冗談じゃないわよムカつく、ヤるのと大して変わらないじゃない……！）

なんて男だと改めて呆れ果てる他ない。そもそも5日前とは事情が異なる。宿泊予定がないのだから応じる必要そのものがないのである。

だが璃沙は、罵倒するよりもまず官能の声をあげてしまっていた。

触れられる前でさえああも疼いていた身体である。感覚はとうに生殖態勢に移っており、膣洞は潤い、後は挿入を待つのみであった。

そんな状態で膣口を擦られれば感じてしまうのは道理だった。たかが一度、最初のひと擦りでさえ声は漏れて腰がヒクついた。裏筋が膣口をスライドするごとに甘い熱がじんじんと下腹を駆け巡った。

「はぁはぁ、〝あっ、〝あ〝あッ……嫌、カメラ、向けないでったらぁ……っ……！」

しかも刺激はそれだけではない。叔父は片手で両膝を抱えつつ、残る右手で撮影を続行してくるのだ。肌も露わな下着を着、視姦だけで発情させられ、下半身のみを曝け出し、スマタで刺激されそれをまた撮影される。これまで経験した、いかな行為よりも破廉恥かつ屈辱的であり、しかし――しかし、ひどく興奮してしまっていた。

（声、止まんない……悔しいけど、感じ、ちゃう……アソコに擦れるの、見られるの、すごいっ……！）

以前も感じた強い昂りが急激に腹をせり上がってくる。膣口に染み渡る甘い痺れと膣奥に募る切ない疼き。太腿に走るごつごつとした肉感と、それにみるみる馴染んでいく感覚。未体験の刺激の中に、すべてを忘れさせてくれる甘美な愉悦の波が入り乱れる。

気づけば無意識に尻をあげ、肉棒のスライドに合わせて揺らしていた。大量の蜜を絡めて擦れる、くちゃくちゃという卑猥な音色。自らの立てるその旋律に、己自身が酔っていく。

――カシャッカシャッカシャッカシャッ！

「〝あっ〝あ〝あッ、撮んないで、ああンン撮んなってぇ……っ！」

「そんなこと言って、こっちのお口は物欲しそうに開いてるよ。ほら、ぱっくり口を開けて涎垂らしてるじゃないか」

「やっ、あ、あ、あ゛あ゛あッ……！」

璃沙は首を振りサイドアップを左右に揺すった。上気した頬に涙が垂れて汗と混じって床へと伝う。身体をぎゅっと抱くようにするのは溺れゆく事への恐怖からか。それは彼女自身にも分からない。

今はただ、これまで体験した事のないような絶頂の訪れを予感するばかりだった。

「はぁはぁ、ああ璃沙ちゃん、すごく感じているんだね。自分から太腿締めつけてきて、おじさんももうすぐ射精しそうだよ……！」

硬い牡肉を脈打たせながら叔父が徐々にペースをあげてくる。開いたエラが粘膜を割りクリトリスをも引っかいてくる。快感にのたうつ両足を掴みぱんぱんと音を立てて動く。

勢いづく腰の動きに璃沙は鳴き声をあげ背筋を捩った。汗を吸ったベビードールが肌に張りつき皺を作る。激しい揺れに襟ぐりがはだけ、ふくよかなバストが半ばまろび出る。

快楽に惑うその肢体を、カメラのレンズがなおもしつこく捉え続ける。喘ぐ顔を、揺れ躍る乳房を、シースルーの艶かしい衣裳を、小刻みにヒクつく淫唇を、幾度も撮影しフラッシュを浴びせかける。

だめ、だめ、恥ずかしいのに感じちゃう、イッちゃう――！

言葉にならぬ嬌声をあげ、璃沙は目を瞑り、ぴーんと背筋と爪先を伸ばした。これ見よがしに全身が震え、突っ張ったままびくびくと痙攣する。

「あ、あ、゛あ゛あッ、だめ、もう、もう私、゛あ゛あッ――！」

（イっ――イッちゃった――私、叔父さんより先にっ……！）

歯を合わせて打ち震えながら璃沙は信じられない心地となる。相手より先に果てた例《ためし》はない。常に男が先に果て、自分は一定の余韻を得る。そういうものなのだと思っていたし、「そんなものか」という多少の諦観もどこかにあった。

しかし今回、初めて先に絶頂を見た。刺激が最後まで続いたためか確かに果てたと確信が持てた。彼氏が相手である時には曖昧なものでしかなかったというのに。

本気で興奮し発情すると、女はこうも燃えるものなのか。

我が身に起きた事柄に戸惑う姪の震える肢体に向けて、叔父は呻きながら腰を振りたくり、そして、

「はッはッはッ、ああ璃沙ちゃん、おじさん出るよ、出るっ……！」

――びゅびゅびゅっ、どびゅびゅるるるるっ！

伸し掛かるようにして身体を預け、太腿の間から白い粘液を放出し飛ばした。

「あンッ、うンンンッ……！」

ひと晩続けられるだけあって射精の勢いは大層なものである。下腹部に溜まりベビードールを汚すばかりか、頬や髪にまでいくつもの飛沫《しぶき》が飛んでくる。スキン着用を常とする璃沙はかけられる事も好きではなかったが、絶頂の余韻が長いせいか今は気にならなかった。

(こんなに出して……キモい……変態……)

言葉にならぬ悪態を残し、璃沙はすっと目を閉じる。

精液に汚れたその姿を、最後に何枚か撮影し、叔父は息をついた。

「いい絵が撮れたよ。早速保存しなきゃ。ありがとう璃沙ちゃん」

璃沙はもはや怒る気力すら湧かなかった。

※

「それじゃあ、気を付けて帰るんだよ」

それからしばらくして夜も更けてきた頃、身なりを整えた璃沙は叔父に見送られてアパートを出た。

「次やったらマジでキレるから」と釘はすでに刺してある。叔父は笑って頷いたものの、璃沙としては憤懣やる方ない思いである。

「そんなに怒らないでよ璃沙ちゃん。ほら、これ。いつでも来ていいようにって」

玄関先で手渡されたのは、この部屋用のスペアキーであった。

璃沙は胡乱《うろん》げにそれを見つめる。一体なんのつもりなのか。

「何それ。彼氏にでもなった気？　バカみたい」

「まあまあ。また家出するんなら持ってた方がいいでしょ？」

「ふん」

——結局、璃沙は合鍵を受け取った。使うか否かは別としても損はないかと思ったのだ。

しかし後になってみると、本当にそれだけだったのだろうかと疑問が湧いた。

ムカつくし恥ずかしいし認めたくもない。だが、かつてないほどにあの時は燃えた。触れもせずあれほど濡れ、男より先に果てるなど、我が身に起こるとは思ってもみなかった。

正直に言うと少し怖い。あの快楽を——頭の奥がふわふわするような甘美な余韻を——知ってしまった事が。記憶してしまった事が。

クスリをやる連中は、それによって嫌な事の一切合切を忘れられるのだという。あの時味わった感覚は、危険度の差こそあれど、近いものがあったように思う。

忘れてしまうべきなのかもしれない。興味本位で手を出せば手痛いしっぺ返しが待っているやもしれない。

けれど。それでも——。

「——やぁ。また来てくれたんだね。嬉しいよ」

数日後、再びインターホンを鳴らす璃沙は、叔父の間延びした笑顔に不貞腐れた表情でこう言うのだった。

「……ウチの親、またウザい事言ってきちゃってさ……」

顔にありありと浮かぶ不満は、親へのそれか、それとも。

璃沙には分からなかった。

# 三章　At home all day（大胆な男の来訪）

その日は朝から日差しが強く、真夏らしい蒸し暑い一日だった。

雑多な人が住まう都心周辺の住宅街では、防犯意識から窓を開け放つ事は稀である。

璃沙が今いる1DKのアパートの一室も、その内の一つである。

修学時刻を過ぎた朱の広がる夕暮れ時。

空調の効く中、彼女は上半身を露わにし、汗と淫らな体液に濡れていた。

「……ねえ。この体勢、なんかムカつくんだけど」

一つきりのベッドの上で璃沙は不満げに呻いた。淡く上気した乳房の間には、腹の上に跨がる男の巨大な肉棒が挟まっている。

「じゃあ代わりに璃沙ちゃんがしごいてくれるかい？」

「……もお……」

自分でやるよりかはそちらの方が気分がいい。暗にそう告げる男の返答に、不承不承ながら応じてやる。

どの道同じなら、やらされるよりはやる方がいい。体勢を変え床に降りて跪《ひざまず》き、反り返る肉棒を今一度胸の谷間に挟みこんでから、ゆっくりと柔肉でしごきあげてやる。

気持ち良さそうにしながら、目の前の男が――叔父の逸が、世間話でもするかのような気安い調子で訊ねてくる。

「ところでいいのかい？　彼氏がいるのにおじさんとこんな事して」

「……別に。叔父さんにはカンケーないじゃん」

璃沙はつっけんどんに言う。何を今さら、という心境が如実に口調に表れていた。

「それに向こうは部活とか勉強で忙しいから、どーせ会えないし。っていうか……」

そもそもそっちが無理やりしてきたんじゃん。

初日の出来事を思い起こしつつ当てつけのつもりで璃沙が言うと、叔父は意に介した風もなく「それもそうだねえ」と笑った。

その人畜無害に見える笑顔が腹立たしく思えるのは、この男の所業を鑑みれば、当然であると断言出来るだろう。

「璃沙ちゃんが最近よく来てくれるから、おじさん嬉しくてね。ひょっとして、おじさんのことが好きになったのかと思って」

「はあ？　なワケないじゃん。家にいると親うるさいし、泊めてもらう代わりに相手してあげてるだけだってーの」

――初めてこの部屋を訪れてから、そろそろ半月が経とうとしていた。

二度と来るまいと思ったこの場所。寝込みを襲われ朝まで抱かれ続けた空間。未だ記憶に新しく、思い返すと当時の悔しさが再び胸中にぶり返す。

にもかかわらず今なおこうして訪れる理由は、やはり好都合であるとの一点に尽きた。

遊び仲間は自分の彼氏等で忙しく、こちらの彼氏も夏の大会に向け練習ずくめの日々だそうだ。さらには年度末に受験を控え、勉強にも本腰を入れねばならないとの事だった。

結論を言えば、他に泊まる当てがないのである。気難しい親から逃れるには外泊がもっとも容易な手管であり、されどここ以外に安易に顔を出せる場所はなく。渡された合鍵についつい目が行き、気づけばこの部屋に出入りするようになっていたのであった。

それが理由、宿欲しさに訪れるだけ。それだけの事。好意ゆえなどと勘違いも甚だしい。

でも、本当にそれだけ？　——時折胸の内に湧く疑問をすり潰すに似た心地で、璃沙は胸の谷間を締めつけ、反り立つペニスを摩擦してやる。

「璃沙ちゃんって結構タンパクなんだねえ。あ、そのまま先っぽしゃぶってくれるかい」

割り切りの良さに感心した叔父が、調子に乗った指示を出してくる。

「そんな難しい事出来ないし」

「大丈夫、ほら、おっぱいで抱えて」

「ああ、もぉ……」

図々しいんだから、とひと睨みくれてから躊躇いがちに深く俯く。Ｅカップもの豊満な乳房ですら覆い尽くせないサイズの巨根。ぐっと喉元まで突き出たその先に、唇を張りつかせ、舌で舐める。

巨乳女子高生のパイズリフェラに、叔父は気持ち良さげな様子で呻いた。椅子の上で余裕たっぷりに足を開き、熱く蒸れた柔肌の摩擦と唾液で濡れそぼつ口内の感触に浸る。

「そうそう、上手いじゃない。いいよ、ああその調子……」

乳房と口を同時に使うのは初めての試みだったが、サオとカリへの同時刺激にペニスは脈を打って悦ぶ。特に敏感なエラ部分は口内で大きく傘を広げ、徐々に射精が迫っている事を姪にはっきりと伝えていた。

璃沙は努めて行為に励みつつ、変態、と胸中で罵る。若い娘にこんな真似をさせ悦に浸るいい大人など、控えめに言っても良識人ではあり得ないだろう。

それでも肌はますます汗ばみ乳房を揺する手は加速していく。不慣れに四苦八苦しながらも夢中でカリを咥えて舐めしゃぶる。さっさとイッちゃえばいいのに。そう罵りつつ密かに疼きを溜め、スカートの奥で太腿を擦り合わせる。

やがて叔父は腰を前に出し「璃沙ちゃん、そのまま」とペニスを咥える頭を押さえた。柔らかくひしゃげた乳房の間でびくんとサオが大きく脈動する。

次の瞬間、璃沙の口内でカリが膨らみ白い弾丸を打ち放ってきた。

「ンぷっ⁉ ンっンンンッ……！」

——ビュルッビュルッビュルッドクン……！

精液という名の弾丸は、文字通り喉奥を鋭く撃ってくる。嚥下《えんげ》させる気でいるのか引き抜こうという気配さえない。征服欲を満たすかのごとく口内粘膜を激しく蹂躙し、独特の生臭さを内に沁みこませる。

頭を押さえられる璃沙はカリを咥えたまま吐き出す事も出来ない。必死に鼻で息をしながらやむなく粘液を胃袋に送る。それでも量は多くて飲みきれず、口の端からこぽこぽと漏れて細い首筋へと垂れていった。

「おっと、溢れちゃったな。ちょっと量が多かったかな」

嚥下し続ける歪んだ顔を、叔父の手が子供相手にするように撫でる。

璃沙は改めて悔しさを覚える。ＡＶみたく女が好きこのんで精液を飲むとでも思うのか。ねばねばして臭いし喉に絡むし世辞にも美味とは言い難い。もしも彼氏がやろうものならば怒って蹴りつけていたやもしれない。

しかしその一方で、不覚にも濡れてきてしまう己自身にもまた悔しさを覚えていた。

「？　おや、誰かな？」

と、その時であった。テーブルに置いてある携帯がバイブ音を知らせてきたのだ。

叔父は口からペニスを抜き、振動する自分のスマートフォンを手に取る。

「はい、もしもし。――あー、久しぶりだねえ。どうしたんだい？」

その間に璃沙は口に残った精液を手に出した。苦い。吐き気がしそうだ。こんなものを飲まされた事実に今一度腹立たしさが湧く。

もっとも、その眼差しは発情で潤み、頬や肌は興奮に赤みが差していたが。

「……璃沙ちゃんかい？　ああ、来てるよウチに」

何気なく耳に入った台詞に璃沙はぎょっとした。友人か何かかと思っていたが、返答からして相手は両親に違いなかった。

恐らく手当たり次第に連絡を入れたのだろう。携帯に向けて叔父は安心するよう言い、今から送り届ける旨を伝えた上で通話を切る。

「お父さんからだったよ」との叔父に、璃沙は即座に噛みついた。

「ちょっと、なんで言っちゃうワケ⁉︎　場所教えたら家出してるイミないじゃん……」

「まあまあ。身内のところにいるって分かった方が安心するでしょ、親としても」

「…………」

そう言われると返答に困る璃沙である。家出が不安を呼び叱責へと繋がり、それが嫌でまた家出するという悪循環。その理屈が解せぬほど璃沙とて愚鈍ではない。

その日は結局、外泊せぬまま帰宅する羽目となるのだった。

※

「はぁ……せっかくの休みだってのに」

璃沙はため息をつき、自室のベッドに携帯もろとも身を投げ出した。

たまの休日である。久しぶりにと彼氏の明宏《あきひろ》に連絡を取ったが、返ってきたのは部活練習で忙しいとの返答だった。

思えば最近、彼氏とあまり遊んでいない。これで付き合っていると言えるのだろうかと文句を垂れたくもなろうというもの。

いっそまた家出を——とも考えたが、その瞬間に叔父宅を連想し再びため息が出た。宿泊を求めれば当然見返りを要求されるだろう。内容は今さら問うまでもない。少しは慣れてきた——本当に？——とはいえ、足元を見られている状況に思うところがないではない。

さすがに避妊には気を付けているが、こう何度も相手にしていると感覚が狂いつつある気がしてならない。

多少なり気分を変えようと彼氏を誘ったというのに、これだ。友人らとも都合が合わず、こうして余暇を無駄に持て余すしかない。

さりとて出かける気にもなれず、意味のない苛立ちを一人募らせていた、その時であった。

「久しぶりだね。元気だったかい兄さん」

不意に聞こえた父の声に璃沙ははっとした。

玄関が開き誰かが家にあがる音。発露の理由が分からない焦りを覚え二階のドアを開け階下を覗くと、間延びした顔の大柄な男がちょうど靴を脱いだところだった。

「こんにちは璃沙ちゃん。お邪魔するよ」

「な……！」

頬が引きつるのが自分でも分かった。親に知れたら色々とまずい間柄の男が、白々しいほど気安い態度で自宅にあがりこんできたのである。

嫌な予感が脳裏を過ぎる。よもや話しはしないだろうが、数年もの間出さずにいた顔をこのタイミングで急に出すなど、作為的な何かを感じないではいられなかった。

「ほら璃沙、きちんと挨拶しなさい。叔父さんに失礼だろう」

何も知らない父の声が、今はひどく滑稽に聞こえた。

※

「迷惑かけて悪かったね」「いやあ、こっちこそ連絡入れなくてすまないね」——

叔父が訪れたその日の夕刻。璃沙は脱衣所で髪留めを解きながら、父と叔父の会話を聞くともなしに聞いていた。

「まったく、無断で外泊ばかりして。困ったもんだよ」

「年頃だからねえ。あまり厳しくしない方がいいんじゃないかい？」

なんの事はない、他愛ない世間話である。娘に手を焼き愚痴る弟と、当たり障りのない進言をする兄という構図。誰が聞こうとそこに物珍しさなど感じはしないだろう。

しかし璃沙にとっては、なんとも居心地の悪い時間であった。

(私とのコト話さないといいんだけど……)

シャワーを浴びながら無駄に大きい二つの声に耳をそばだてる。本音を言えば帰ってほしい。いつ危険な単語が飛び出すとも知れないのだから。

釘を刺すべきかと思いはしたが、それでは弱みを握られていると自白するに等しい。

相手の真意がまるで分からないのが辛い。姪の件の報告も兼ねて久々に弟夫婦を訪ねてきたとの事だったが、それは表向きの建前に過ぎぬとなんとはなしに察していた。

詰まるところ自分は座して待つ他ないのだ。気が滅入る中シャワーを終え、ラフな服装に着替えてから浴室を出てその足でリビングへ。

そこには父と叔父がいるが、無言で通り過ぎ二階の自室へ引っ込もうとする。

が、父がそれを呼び止めた。不遜な態度を咎めるのかと思いきや、まったく別の要件であった。

「もう夕飯だ。席につきなさい。今日は叔父さんも一緒だから」

父の言葉を聞いた璃沙は思わず、え……と絶句した。

出来る事ならば断りたかった。今の璃沙にとって叔父は爆弾も同然の存在。迂闊《うかつ》に触れればいつ爆発するか知れず、近寄る事すら着火の原因になりかねなかった。

もっとも、そうと語ったとて結果は同じであり、むしろ藪蛇と言わざるを得ない。

「……分かった」

こうなった以上は波風を立てぬようにして、やり過ごす他はないだろう。

大人しく席に着き、さっさと食べようと箸を取ると、何を思ったか叔父が隣の席に着く。

「じゃあお言葉に甘えて。おお、美味しそうだ。ねえ璃沙ちゃん？」

（……馴れ馴れしくしないでよ。こっちが何も言えないからって……）

両親から見ればごく普通の笑顔だろうが、璃沙の目にはひどく白々しく見えた。黙りこくっているこちらの心理を悟っているのは間違いがなく、意図的に声をかけてきたとしか思えなかった。

それを知ったとて璃沙に出来る事は少ない。せいぜいが横目で小さく睨みつけてやる程度だ。

「まったく、そんな格好ではしたない。叔父さんもいるっていうのに」

向かいの席に着いた父が娘の格好を見て、苦々しい表情で嘆息した。

璃沙が無視してそっぽを向くと、父の顔に多少剣呑なものが浮かぶ。

「まあまあ。いいじゃないか、可愛らしくて」

温厚そうな笑みを浮かべて叔父が二人の間を取りなす。

しかし璃沙は、彼の横目が自分の身体をちらちらと盗み見ている事に勘付いていた。

(ぬけぬけと何言ってんのよ。いやらしい……)

ライトブルーのタンクトップにカーネーション色のショートパンツ、それが璃沙の寝間着だった。時刻は7時を過ぎ、外出予定もない今、わざわざ着替える理由もない。

だが、人前に出るには確かにラフすぎる格好ではあった。

大きく開いた襟ぐりからは、未だ発育途上の巨乳が窮屈そうに盛りあがって見える。ぴったりとした薄い服は肌着と言って差し支えなく、完熟直前の腰の線を惜しげもなく披露していた。それはボトムとて同様で、ヒップラインを隠さないばかりか白い太腿が眩しいほどに露わとなっていた。

実のところ璃沙も失敗を感じていた。習慣的にこの姿となったが叔父の前では避けるべきだった。今頃になって視線を意識し気恥ずかしさが湧いてくる。

ともあれこうして食事が始まった。璃沙一人が気まずさを覚える中、両親と叔父の三人が世間話に花を咲かせる。

「ところでそっちは、まだ結婚するつもりはないの？　いい歳なんだし、いつまでも独り暮らしってわけにはいかないだろう」

そして案の定、父が余計な話題を振り、娘を内心焦らせた。

「似たような事を璃沙ちゃんにも聞かれたよ」

叔父も叔父で、頼んでもいないのにいちいちこちらに話題を振ってくる。無論、無視したが、父の視線がこちらを向くのを見て密かに肝を冷やした。

「まあ、今はちょっとね。——でも」

璃沙は不意に、太腿を這う指の感触を得て、思わず声をあげそうになった。

「気になってる娘《コ》がいるから」

叔父が触っている事は見るまでもなく瞬時に分かった。テーブルで死角となるのをいい事に痴漢紛いの行為に及んだのだ。

——ちょっと、やめてよ……！

声量を絞りつつ努めて平静に抗議するも、隣席の叔父は何食わぬ顔で父と話しながら太腿を触ってくる。

「へえ、誰だいそれは？　僕の知っている人かい？」

「はは、どうかな」

空とぼける叔父を横目で見て、璃沙は殴ってやりたくなる。気分はさながら痴漢被害者で暴露したくなる衝動に駆られるが、それが出来ぬ事を知っている叔父と、事実その通りである自分に腹が立って仕方なかった。

（馴れ馴れしい、触んないでったら、この、スケベオヤジっ……！）

太腿を這う手指の動きは、まさに痴漢そのものである。肌を撫で回し、柔く揉み、内腿をさわさわとまさぐってくる。陰部に直接触れずにいるのは自重しているつもりなのだろうが、不愉快を伴う淫らな感覚に耐え忍ぶ事は存外に難しかった。

璃沙はぷるぷるとこめかみを震わせ、叔父の掌を払い除けようとテーブルの下で腕を伸ばす。

が、その寸前で手指が陰部に触れ、肉土手を軽くプッシュすると、反射的に身を固くし、「あっ」と声が出てしまっていた。

「どうしたの璃沙、おかしな声出したりして？」

「な、なんでもない、気にしないでったら……！」

母に怪訝《けげん》な目を向けられ焦って顔を伏せる。握る箸が震えるのが分かった。こんな状況でなければ頬の一つも張っただろうに、何も出来ずにいる事が悔しい。

とはいえ叔父も、このまま続けて知られる愚を犯す気はないらしい。あやすに似た手つきで今一度太腿を撫でた後、何事もなかったかのごとく再び食事に手をつけた。

「っ…………ごちそうさまっ」

璃沙は乱暴に席を立ち自室へ向けてずかずかと歩み出した。今度やったらマジキレるから——視線のみで、そう叔父に伝えながら。

たとえそれが、単なる虚勢に過ぎないと分かっているとしても。

※

「あーもー、マジムカつく。あんな変態死ねばいいのに」

部屋に戻った璃沙は、ベッドに転がり、ずっとスマートフォンをいじくっていた。こっちはいつ親バレするかとひやひやしていたというのに。余計な事を言いやしないかと今でも気が気でないというのに。

それなのに叔父は余裕綽々《よゆうしゃくしゃく》といった態度でお触りまでしてくる始末。腹立たしい。いっそどこぞのサイトにでもありのままを書き込んでやろうか。

そんな風に妄想を描きつつ、結局はウェブサイトを見て気晴らしする以外ないのである。

「いい加減帰らないかな。もう夜だし」

自室に籠ると独り言が増えるのもいつもの事だった。寂しい雰囲気は性に合わない。空元気だろうと文句だろうと口にして耳にすれば多少なり気は紛れるというものだ。

時計を見やる。時刻は8時になろうという頃だった。いくら元実家とはいえ、これ以上長居するほどあの男とて呑気ではないはずだ。

璃沙は疑いもしなかった。片道1時間とかかる距離ではない、当然帰宅するはずだ、それ以外の可能性などありはしないと思い込んでいた。

だからこそ、叔父が唐突に顔を出した際には、飛び上がらんばかりに本気で驚いた。

「へえ、ここが璃沙ちゃんの部屋かい」

「つっ⁉　ちょっと、勝手に入ってこないでよ！」

まるで親か何かのように叔父は遠慮なく部屋に足を踏み入れてきた。

「かわいい部屋だねえ。甘いにおいもして」

叔父が首を巡らせるのを見て、璃沙は半眼で目元を引きつらせる。豪胆なのか無神経なのか、この男の言動にはついていけない事がある。多少なり異性を意識するならば気を使って良さそうなものだが、こういった時には妙に子供扱いし眼中になさそうな態度を取る。

（あれ……そういえば私、なんだって子供扱いされてムカついてるんだろ。その方がありがたいくらいなのに……）

前触れなく湧いた疑問に我知らず気を取られる間にも、叔父はずけずけと室内を歩き回り、やがて本棚に置かれた写真立てを手に取った。

「おっ、懐かしい写真だね。はは、おじさんも写ってるなあ」

「……ていうか、まだ帰ってなかったの？」

「ああ。おじさん今晩、泊めてもらうことになってね」

世間話でもするような調子で叔父は言い、父とまだ幼い娘、そして叔父の三人が写る写真を見て懐かしむように目を細める。

写真の中の幼い璃沙は無邪気に笑って叔父に抱き着いていた。昔から叔父はよく遊んでくれた。面倒を見てくれた。おおらかで優しく甘い人だった。「将来はおじさんと結婚する」などと今思えばくだらない戯言を言っていた。あの頃は叔父が大好きだった――。

「璃沙ちゃんこの頃はとっても小さかったのに」

「だから、勝手に触んないで。――っ!?」

「――今じゃ、コレだもんなあ」

あっと思った時にはもう、正面から抱きすくめるように両手でお尻を掴まれていた。

「……こんなトコで、やめてよね。親いるんだから」

変人を見る目でじとっとねめつけ鬱陶しげに押し返そうとする。生憎とこんな場所でまで相手してやる義理はない。親に知れたら事であるのはお互い様なはずなのだ。

しかし予想に反して叔父は強硬であった。押し返さんとする腕もなんのその、尻に這わせた指を蠢かせ、ぐにぐにと房を揉みしだき始める。

「おじさん自分の部屋以外じゃ寝られなくてね。璃沙ちゃんが相手してくれると嬉しいんだけどなあ」

「っん……だったら、帰ればよかったでしょ」

今さらながらに璃沙はこの男の異常性に驚かされた。ここは二階、多少離れているとはいえ階下には両親がいるのだ、それを承知で淫行に及ぶなど認知された恋人同士でさえ二の足を踏むに違いないというのに。

それでも平然とやろうだなんて、なんて変態なのよ——胸中で璃沙が罵る間にも、叔父はしきりに尻をまさぐってくる。

「んっ、ン……く、ちょっ……やめ……」

「なんだ璃沙ちゃん、お尻も弱いのかい?」

「っ……くすぐったいだけだって……の……」

くすぐったさと不愉快さと、羞恥心と触られる感覚。それらは次第にない交ぜとなり、ある種の興奮を生み出していった。強いて例えるなら、慣れ親しんだ女友達に悪ふざけで痴漢され感じているような、焦りと困惑を含む心境に似て思えた。

同時に認めざるを得ない。決して強くなく、されどしつこく淫らなタッチに身体は自然と順応しつつある。嫌悪感と呼ぶべきものが以前ほど感じられなくなっている。

思わず力が抜けていくのを自覚しようとも止められない。徐々に徐々に意識が腰へと集約し、薄布の奥で尻たぶが熱してくるのが分かる。

「今度こっちの穴でも試してみるのはどうかな。おじさんもしたことないし」

叔父は言って、尻房と肉土手のちょうど境目、アナルを親指でプッシュしてくる。

「は……あ？　す、するワケ、ないでしょっ……この変態！」

馬鹿を見る目で言ってやったが実際は内心どきっとしていた。自分がまだ知らぬ数々のプレイがこの先も待っているかもしれない。そこに期待し目を向けてしまったもう一人の自分がいたのだ。

さりとて実行に移す勇気はなく、璃沙は手を払い除けようとする。

すると叔父は何を思ったか、ベッドに手をつき尻を突き出させ、その尻をぺちっと平手で叩いた。

「ちょっ……何して……！」

「やっぱり若いと弾力が違うねえ。いい感触が返ってくるよ」

戯れ、もしくは弄びか、太鼓の音でも楽しむように叔父は小さく尻房を叩いてくる。

「やめてよバカっ」と璃沙は罵倒する。冗談めかしてはいるが、やられる側は面白くないに決まっている。体勢も相まって、それこそ折檻でもされている心境だ。

「別に痛くないでしょ。そんなに強く叩いてないから」

「そーじゃなくて、イヤだって言ってンーーッあ……！」

驚いた事に、自分で聞いても恥ずかしくなる声が出ていた。言われた通り、さして痛みがあるわけではない。多少肌がヒリつく程度である。だがしかし、中心辺りを打たれた瞬間に何かを感じてしまったのは事実だった。

（やだ、なんかアソコが……ちょっと……）

疼いて熱を帯びてくる。そう感じたのは果たして気のせいだろうか。

いいや錯覚に決まっている。多少まさぐられたとはいえ、それで濡れるほど女の身体は易くない。スパンキングなどで濡れるはずがない。

だが思考に反して尻は着実に火照っていった。ぺちんぺちんと小気味良く音を立て突き出た尻房がぶたれるごとに、熱と微細な痛みが沁みていき肌の感度が徐々にあがってくる。

（嘘、ほ、ほんとにお尻、じんじんして、だんだん熱く……ああ……！）

――パンッ、パンッ、パチン、パチン……！

小気味良い打音が鳴り響く中、璃沙は我知らず唇を噛み、無言のまま耐えていた。こんな男にいいようにされるのが今でも腹立たしくて仕方ない。にもかかわらず身体は独りでに順応していくのが分かってしまう。被虐的興奮を得つつあるのが自分でも次第に分かってきてしまう。

「んッ、あッ、あ、あッ――゛んあっ！」

尻を打つ手が一際大きな音を立てた。これまでとは一味違う鋭く芯まで響く刺激に、璃沙の尻はぶるると震え、赤らんだ肌から汗が垂れた。

「おっと、今のはちょっと強かったかな」

言葉だけ聞けば悪びれているも、叔父の口調にそれらしきものは特にない。むしろ面白がり、からかっていると聞こえるほどだ。

それが余計に腹が立って、璃沙は睨み、じんじんと痺れる尻肌を震わせる。

「はぁ、はぁ……次、やったら……殴るから……っ」

「ごめんごめん」と叔父は謝ったが虚勢に過ぎないのはとうに分かっているのだろう。反省の色はなく、いつもの笑みには欲情の気配が色濃くある。

「あれ、ひょっとして璃沙ちゃん、ノーパンなのかい？」

「ちょ、ちょっと、あッ、やめ、てったらぁ……！」

ついでに懲りもせず陰部に触れ、すでにうっすらと沁みが出来つつあるショートパンツを覗きこんでくる。

指摘されるのは恥ずかしいが、事実ショーツは穿いていない。真夏ゆえに薄着でいたいしラフな格好は単純に楽なのである。

決して意識しての事ではない。だというのに叔父は承知の上でこう言う。

「まさかおじさんにされるのが分かって穿いてないとか」

「ち、違うし、ただ暑いし蒸れるから……ちょっ、あン、〝あッ……」

こうなってはもはや止まらない事は経験上分かっていた。濡れていると知った今、璃沙には満足に抵抗など出来なかった。

厳つい指は薄布越しに陰部を出入りし、浅く小刻みに内側を刺激、湿り気をパンツに広げていく。すでに膣口は軽く解れ、不躾な行為にも素直に反応しひくひくと細くわなないていった。

次いで叔父は鼻先を押しつけ手慣れた様子でクンニに入った。普段と違い今回は着衣のままである。舐めやすいとは思えない。それでも叔父は舌を伸ばして一心不乱に蜜を啜り取り、ぐりぐりと鼻先でほじくるようにアナルをも同時にまさぐっていった。

（なんて変態なのこのエロオヤジっ……でもなんで、なんでこんなにも感じちゃうの……？）

このまま続けるのが危険な事はきちんと理解していた。万が一にでも声を聞かれればたちまち親がやってくるだろう。声を殺し呻くばかりがひどく辛く思えるものの、それがかえって込みあげる官能を内に溜め込んでいるかにも思えた。

そう、堪えれば堪えるほどに感度と官能は高まっていく。行き場を失った膣からの官能が腰骨と背筋を這いずり駆け巡る。喉元まで出かかった声を抑えるごとに、興奮がいや増していく気がした。

「んんッ、んﾞんッ、く、ンンッ——ﾞうンンッ……！」

やがて尻がくなくなと揺れだし、ベッドについた両の膝がぐぐっと強張り痙攣を始めた。指はシーツを固く握りぎゅっと引っ張ってシワを作る。

このままじゃもうッ——そう思った頃には手遅れとなり、璃沙は尻を掲げたまま、ひくひくと絶頂の痙攣をした。

「ふぅ、ふぅ、ンンッ、ふ……！」

「お、イッたね璃沙ちゃん。今夜はまた一段と感じやすいねえ」

「っ……い、言わなくて、いい……から……っ」

気に入らないのは、そういう事をいちいち口にするところである。マゾ気質な女ならばともかく、自分のようなタイプにとってはひたすら屈辱であるというのに。

しかし璃沙は、ふと疑問を覚えた。尻を叩かれ濡れてしまう女が果たしてマゾ気質でないと言えるのだろうか、と。

分からない。そんな馬鹿なと笑い飛ばしたいが、ここにきて自信が揺らいできてしまった。

ともあれショートパンツがぐっしょりと蜜で濡れてしまった。このまま着ているわけにもいかず、璃沙は着替えようとする。

ところが叔父が、「ちょっと待って」と制してきた。

何かと思い黙っていると、叔父は勝手に机を漁り「あったあった」と鋏を取り出す。

その意図を聞いた璃沙は、目を丸くして慌てて首を振った。

「え……はあ⁉　絶対イヤだし！」

「今度新しいの買ってあげるから、ね？」

「そういう問題じゃなくて！　あ、ちょっ……」

温厚そうに見える人物だが、やはり強引で人の話など聞きはしない。

要はこういう事だ。ショートパンツに穴を空け着衣のままセックスしようというのである。鋏で切られれば衣服が駄目になってしまうため冗談じゃないと断ったが、結局は笑顔で押し切られ、あれよあれよという間にベッドに仰向けにされていた。

「動いちゃ駄目だよ。アソコが切れちゃうでしょ」

鋏を動かしつついけしゃあしゃあと言う男に、足を開いて固まる璃沙は怒る気にすらもうなれない。

布が裁断される音と共に、徐々に陰部が外気に晒されていくのが分かり、そして。

「よし出来た。ほら、手をどけて」

「……変態……ッ」

陰部のみぱっくりと切り裂かれたパンツから、しとどに濡れた陰毛と恥部が男の目の前で明らかにされた。改めて知るのも情けないが、やはり感じて絶頂したのだ。

「卑猥さがぐんと増したよ」とにやつきながら叔父は指で蜜を掬う。璃沙は恥ずかしげに歯噛みした。着衣だけならまだしも変態じみたプレイまでやらされるなんて、と。

「……もう満足でしょ。そろそろ出てって」

「それじゃあおじさん生殺しじゃないか」

璃沙ちゃんだって中途半端はイヤでしょ。そう言って叔父はスラックスを下ろし、最近になって見慣れつつある巨大な勃起ペニスを露出させる。

やはり止めても無駄だった。怯えとも諦観ともつかぬ心地で知らず小さく唾を飲むと、叔父の腰が迫り、ずる剥けた裏筋が触れ、あえて焦らしてやるかのごとくずりずりと陰部に擦りつけてきた。

璃沙は反射的に声をあげる。認めるのは癪だが手と口で愛でられた膣口とその奥は、とうに準備を始め受け入れ態勢に入っている。心は距離を取ろうにも、若い肢体と生殖欲求は切っても切り離せない間柄なのだ。

「あっ、ダメ……だって……あっ、あ……！」

無意識に漏れる淫らな声もそれを物語っている。適齢期となり子を産める身体は理性とは別に牡と種汁を求めている。弱い粘膜に繰り返し当たる、本能が求める種汁の在り処。感度は否応なく上昇し甘い疼きに嫌悪が薄れ、生殺しの切なさに耐えかねた腰が自然と浮き上がっていく。

そしてそれを見越したかのように、わざとらしいほど角度を整えペニスがずぷりと押し入ってきた。

「あンンッ、くぅ……！」

「おっとごめんよ。あんまり濡れてるもんだから滑っちゃったよ、はは」

（っっ……ほん……とっ、ムカつく……！）

嘘である事を百も承知で空とぼけられては、さすがに腹も立とうというもの。ご多分に漏れず璃沙は胸中で思いつく限りの罵声を浴びせる。

されど身体は堪え性がなく、ようやく入れてもらえたとばかりに肉棒をぎゅうっと膣肉で締め上げた。下半身は歓喜にヒクつき足は開いて閉じようとすらしなかった。

「璃沙ちゃんは性格と身体が正反対だねえ。そこがまた可愛いところだけど」

「…………嬉しく、ないし……っ」

姪の葛藤を知ってか知らずか叔父は子供のように笑う。

その手がタンクトップの裾を捲りたわわな乳房を露出させると、いよいよといった風に腰が前後に動きだした。

「ふッ、んっン、あっあっ、はッあ、あッ……！」

叔父は両手で乳房を掴み、急所ごと刺激するようにして乳首に指を埋めぐにぐにと揉みしだく。早々に終える気はないのだろう、腰使いはスローである。その反面リズムは一定で、緩く小さく、膣粘膜を擦りあげてくる。

璃沙は吐息が湿っていくのを自覚する以外なかった。実は一定のリズムの方が女の膣は感じやすい。未熟な男はがむしゃらになる傾向があるが、絶頂が見えた後半は良くとも序盤はそれでは駄目なのだ。

その点叔父は巧みであると言えた。焦れったいほどにゆっくりと動き胸だけは忙しなく揉んでくる。着実に浸透する甘い官能に若い肢体は溺れ始め、隅々まで淡く上気していく。

（いけないのに、感じ、ちゃう……声出ちゃったらマズイ、のにぃ……！）

乳首は指でほじられるのみでなく舌でも執拗に舐められた。汗と唾液でぬめる感覚が神経をより鋭敏にし、吹きかかる吐息にすらぞくっとするほど性感が高まっていく。

と、何を思ったか、叔父は不意に唇を吸ってきた。

驚いた璃沙は反射的に逃れようとする。キスは嫌だった。セックスはともかく、この男相手にそこまで許すのは心理的に抵抗があった。

「ッ～～ちょっと、キスとかやめてよね……！」

「あれ、おじさん口臭かったかな？」

「そーじゃなくて、ただイヤなのっ……！」

キスそのものが好みではないのだ。彼氏相手にも実はさほどの経験はなく、したいと思った記憶もほぼない。

「セックスはいいのにキスは駄目なのかい？」

「それとこれとは……別だからっ……」

「ああ、彼氏限定なのか」と叔父は意外そうに言った。「璃沙ちゃんも、そういうとこは気にするんだねえ」とも。

「どうだっていいでしょ、もお、早く――！」

「ちょっと璃沙？　今何時だと思ってるの」

怒鳴りつけようとしていた璃沙は、不意に割りこんだ第三者の声にぎょっとして身を強張らせた。

母だ。ドア一枚隔てた向こうで母が立っているらしい。知らぬ間に声が大きくなって階下に届いてしまったのだろう。

「夜に携帯で話すの禁止って言ったでしょ」

「え……ああ、うん。ゴメン、すぐ切るから」

「それと叔父さんが下で休んでるから、降りてっちゃだめよ？」

どうやら誤解してくれたらしくドアを開ける気配はなかった。娘の承知の旨を聞くと、母の気配はため息交じりに遠退いていった。

ひとまず難を逃れた事で、璃沙は肩から力を抜いた。

そこでふと気づく。ペニスが膣内で止まったまま、びくっ、びくっ、と脈を打っている。射精している最中なのだと直感的にすぐに分かった。

「いやあ、急にお母さんが来るもんだから少し先走ってしまったよ。ごめんね璃沙ちゃん」

膣からペニスが引き抜かれると、中途半端に出された精液がとろりと奥から垂れ流れてきた。

璃沙は小さく唇を噛む。また中に出された。生で行ったため注意していたつもりだが、いい加減にしてほしいと思った。

「……もう、これで終わりだからっ」

なんにせよ絶頂したのだ、お開きとばかりに璃沙はことさらつっけんどんに言う。

「困るよ。まだおじさん溜まってるんだから」

「勝手に一人ですればいいでしょっ」

璃沙はそっぽを向き、これ以上付き合う気はない旨を示す。

しかし叔父は大人しく引き下がるどころか、場所を移そうと言い出した。

「はあ？　何言って——あっ、ちょっとどこに——」

「室内だと音響きやすいし、ここなら中より涼しいでしょ」

叔父はガラス戸を開けバルコニーへと連れ出してくる。夜の帳が降りた屋外は、静かに風が吹き通っており真昼の熱気をほとんど洗い流していた。

確かに今ならば空調いらずの状態だろう。が、だからと言って納得出来る要素などない。

「こんなとこで出来るワケないでしょ！　っていうか、さっき終わりって言ったじゃん！」

隣人等に見られようものならば、それこそただでは済むまい。璃沙は焦り、剥き出しのままの乳房を手で隠す。

もっとも、それで聞くような男ならば、こうまで振り回されはしなかった。

「夜中だし人通りもないから大丈夫大丈夫」

「そ、そーじゃなくて、親に気づかれる——ダメだって、ちょっ——ん、ンンッ……！」

——ずぷぷっ！　ぬっちゅぬっちゅぬっちゅぬっちゅ……！

璃沙は思わずおとがいを反らし悩ましい声をあげてしまった。ロクに体勢も整わぬうちに背後から肉棒で刺し貫かれたのだ。

(だめ、恥ずかしいっ……外でなんて、私初めてっ……！)

直立姿勢で貫かれたため結合は浅く刺激も弱い。いくら太いペニスとはいえ平素であれば物足りなさも多少なりあっただろう。

にもかかわらず受け取る官能は先にも増して大きかった。絶頂前であった点も大きいが、屋内以上に強い危機感が身体も意識も昂らせている。叔父の言う通り他人に見られる可能性は低い。が、皆無ではなく屋内よりは遥かに危険で緊張感は格段に上だった。

「おや、さっきより締まりが強くなったね。璃沙ちゃんは外のほうが興奮するのかな」

「はぁはぁ、っ……いいから、早く……あンッ、終わらせて、よ……っ！」

スリルから来る興奮ゆえか、熱いのか寒いのか、よく分からなくなってくる。汗濡れた肌は夜風に当たり冷やされるも、背筋まで響く肉棒の感触が下腹をカッカと熱してやまない。恐怖と快感、憤りと切なさ、そういったものが入り混じってごちゃごちゃになって意識を掻き乱す。

背後から繰り返し突かれる璃沙は、自然と身体を折り、目の前の手すりに両手をつく。そうしなければ立っていられない。快感で痺れて足腰に力が入らない。

だが尻を突き出す形となる事でペニスはより深い侵入を可能とした。獣が交尾をするかのごとく互いの腰が前後にスライドし、粘膜の触れあいをさらに密として官能と興奮を甘受しあう。子宮にまで伝播する甘い痺れが膣性感を一層高め、じっくりと肉襞が掻きむしられるたび背筋がわななき太腿が震えた。

「はぁ、はぁ、はぁ……ん、ああそうか、向こうの部屋とベランダが繋がってるんだね」

「はぁ、はぁ、あンッンンッ……だから、バレたらやばいって……さっきからっ……！」

そう、危険は外にあるだけではない。二階のバルコニーは二部屋共用でガラス戸を開けばどちらも見える。隣を寝室とする親が少しでも異変に気づこうものならば、即アウトとなる可能性もあるのだ。

それを知るからこそ璃沙は気が気でないのだが、おかげでかえってスリルは増していた。

「まさか娘がすぐ隣でエッチしてるなんて思わないだろうしねえ。それも身内とだなんて。知れたらおじさん絶縁されちゃうかな、はは」

「はぁ、あンッ、そんなことになったら、私だってっ、家追い出されるっての……っ！」

「あれ、璃沙ちゃんはこの家イヤなんでしょ。ちょうどいいじゃない」

「そ……それは……ンンッ……！」

どこまでも手前勝手な言いぐさに、しかし言葉が詰まる。親元を離れて自由になりたいという願望が、ここに来て理性さえ侵食してくる。

このまま出ていってしまえばいい。嫌な事は忘れて気持ち良くなればいい。気持ちいい？——そう、このスリル満点のセックスが驚くほどに気持ちいい。いっぱいイキたい。感じたい。何も考えず一心不乱にセックスしていたい——。

この時初めて、璃沙の心に依存にも似た感情が芽生えた。

その心の隙を突くかのように、叔父は身体を入れ替え、だんだんとペースをあげてきた。

「はぁ、はぁ……なんだったらおじさんの娘になるってのはどうかな、ちゃんと面倒見てあげるよ……！」

「はぁあンンッ……！　も、もぉいいから、いちいち喋んないでよっ……聞こえる、でしょっ……！」

「まったく、学生さんは都合がいいんだからっ」

「あっ、ちょっとやめっ、あぁ゛あ゛あ゛あッッ！」

向きを変えてガラス戸に張りつき背後から膣肉を掻き回される。腰を引き寄せられ、奥まで深く、激しく、しつこく。浅い箇所から狙いを変えて、膣奥をくまなく擦過される。

（きっ、気持ち、いいっ……！　聞こえちゃう、親に聞かれちゃうっ、こんなにいっぱい音立てちゃってぇっ！）

上半身を押しつけたガラスはピストンのたびにびりびりと音が立つ。これではいつ気づかれても不思議はない。もっと静かにしなければ、早く終わらせなければ。そう思えば思うほどに、緊張は高まり感度はいや増し、全身の神経が熱く蕩けていく。

やめたいが、もうどうにもならない。徐々に徐々に加速するピストンは叔父の限界が迫る証拠だが、その脈動が速くなるにつれ膣肉も歓喜し忙しなくうねる。サオにびっしりと張る血管や派手に開いた雄々しいエラ、それらに襞肉を捲られるごとに激しい官能が脳天まで響く。十二分に火照った粘膜は深部すら感度が大きくあがり、膣底にまで届く快楽に蜜を溢れさせそのめり込んだ。

「はぁはぁ、ああいいよ璃沙ちゃん、今日の璃沙ちゃんは一段とエッチだよ……！」

「ぅうるさいぃ、あっ゛あ゛あ゛あンンッ〜〜！　変態、変態ぃッ……！」

特異なシチュエーションに燃えているのは確かだろう。でなければ説明がつかない。スリルを快感と思えるなんて。怖いと思うほどに気持ち良くなるなんて。

いつしか叔父の呼吸も乱れ、湿った吐息が耳朶に吹きかかる。なぜだろう、それすら気持ちがいい。ぞくぞくして堪らない。ガラスに触れる乳房も心地良く、ひんやりとした感触に乳首が蕩け勃起し続ける。

「ふぅふぅ、むぅっ……ああすごい、おじさんまた中で出しちゃうけど、いいかい？」

小刻みに動きスパートをかけながら叔父が耳元で聞いてくる。

「……どーせ、んっンンッ、ダメって言ったって、あ゛あッ、する、じゃんっ……！」

この期に及んで訊ねる神経が未だに理解出来ない。これまでとて何度かそうしてきただろうに。膣内で出すのを悦んできたろうに。

「はは、まあそうなんだけど一応ね。許可もらった方が気持ち良くできるでしょ」

冗談めかして笑う叔父は、荒々しく腰を振り立てながら陰部に指を伸ばしてくる。

「はぁはぁ、ほら、璃沙ちゃんがイイって言ってくれないと、おじさん終われないよ……！」

「あ゛あッだめソコはぁああッッ！」

指は剥き出しのクリトリスを捉え、指の腹でぐりぐりと軽く擦り潰してくる。

璃沙は堪らず嬌声をあげ内股になってびくびくと震えた。ただでさえ限界間近だったのだ、もっとも弱い箇所への刺激は快感を通り越し辛くなるほどだ。

目の奥がちかちかと明滅し全身がふっと軽くなる。脳天がじんじんと痺れ意識に快い靄がかかる。根元まで咥えこむ蜜濡れた膣洞が甘美感にぎゅぎゅーっと狭まる。

我慢出来なかった。快感に屈して先にイった。またしてもいいようにされてしまったのだ。

「っっ〜〜〜し、したければ、すればいい、でしょッ……！」

それでも憎まれ口を叩けたのは、生来の負けん気の強さゆえか。

なんにせよ叔父も許可を得て、とどめのひと突きと共に尿道の安全弁を開放した。

「んむっ、おお璃沙ちゃんっ……！」

「あ゛あッ゛あッ゛あ゛あ゛あんううッッ！」

――どぷっどぷっドクッドクッドクッドクッドクッ！

深い部分で荒れ狂うカリが、目いっぱい膨らみ熱い種汁を一気に放出した。

その瞬間に璃沙は達した。直前にも達していたがさらなる快感に続けざま絶頂した。膣を舐め子宮へと流れ込む不可思議な心地良い熱の感触に、目の眩むような多幸感を覚え、本気のアクメへと至っていた。

（ヤバい、これっ、気持ちいい——お腹ん中溶けちゃう、明宏にだってNGなのに、精液中出しで私っ、こんなにもぉっ……！）

これまで以上の根深い絶頂感が下腹部を、否、子宮を埋め尽くしていくのが分かる。この男以外には許した事のない避妊抜きでの膣内射精。妊娠を怖れ避けていたそれに、今は不思議と嫌悪も抱かず溺れてしまう自分がいた。

身を震わすスリルも絶頂感に輪をかけていた。きっと両親は近くにいる。この異様な音を耳にしたに違いない。あるいは隣人や通行人が見ていたかもしれない。だが、その光景を想像するだけでなおさら恍惚を覚える自分に驚いた。

「はぁはぁはぁ——ンッ、あはアッ……！」

——ぬぷぷっ、ビュルッ、ビュルッ、ビュルッ……！

硬いままの肉棒が抜かれると、出きらなかった白濁の残滓《ざんし》が丸い尻に飛び散った。

その粘り気と余熱さえもが今の璃沙には快感で、支えを失った半裸の肢体がずるずるとガラス戸を滑り、その場に崩れ落ちる。

「悪いね璃沙ちゃん、汚しちゃって。——でも、もう穿かないからいいか」

溢れた粘液がへばりついてショートパンツはべたべたに汚れてしまっている。

なんでもない事のように謝るこの図々しい男が、やはり今でも恨めしかった。

※

「——さ——璃沙、もう朝よー！」

薄く光の差す揺蕩うような微睡《まどろ》みの中、きんきんと鳴り響く耳障りな音がする。

璃沙はゆっくりと瞼を開け——あれ、と呟いた。

（なんで私、裸なんだろ……夕べちゃんとお風呂入って……）

はたと。己が身に起こった出来事を思い出し、小さく息を詰める。

昨夜は確か叔父とセックスしたはずだ。何回かしたかもしれない。よく思い出せない。あの時は着衣のままだったので後に脱いだか脱がされたのだろう。犯人の姿はもうここにはなかったが。

思い出す。今回は最初からスキンを使用しなかった。生でする気だったに違いなかった。

ベッドの上でゆらりと身を起こし、そっと淫唇を探る。汗や精液は拭き取られていたが、膣内に吐き出されたものは名残となって今なお垂れてくる。

「出すなって言ってんのに……サイテー。ムカつく」

起き抜けの眼差しで指で掬ったそれを見つめ、なんとはなしに、ひと口。
苦い。吐きそう。今もそれは変わらない。
それなのに――なぜだろうか。
ふと漏れ出たため息に、甘い恍惚の色が混じって思えるのは。

# 四章　Feel that something is missing（変わりつつある日常）

学生にとって真夏の大きな楽しみといえば。

誰もが真っ先に思い浮かべるのは、やはり夏休みであろう。

海にバカンスに行くも良し。涼を求めて遠出するも良し。旅をするも良し。金策のためアルバイトに精を出すも良し。日がな一日だらだらと過ごすも良し。趣味に没頭するも良し。

受験を来年に控える以上、心置きなく羽を伸ばせるのは今回限りとなろう。

その日璃沙は、得られたばかりの長期休暇を早速満喫すべく、仲間たちと朝から街に繰り出していた。

「そーいやさー。璃沙ってエンコーとかやってんの？」

ファミリーレストランで気ままにだらだらと喋っていた最中の事である。

仲間の一人が、ふと思い立ったように話題を振ってきた。

「っ!?　な、なんで？」

「ちょい前見たんだよねー、璃沙が男と歩いてるトコ。なーんか小太りででっかいオッサン。アレ彼氏とかマジないし、ウリでもやってんのかなーって」

「マジ？　彼氏いんのによくやるわー」

「ってか金持ってるヤツ？　嫁さんいる人？」

若い男女が食いつく話題は色恋沙汰と相場が決まっている。真相はさて置いてもだ。ご多分に漏れず仲間たちは一斉に話題に飛びついた。

「違うって。あれは――親戚の叔父さん。それだけだって」

多少咽せながら手にあったドリンクをテーブルに置き、璃沙は努めて平静を装った。

迂闊だったと今さらにして思う。さして同伴したわけではないが、人目というのは恐ろしいもので、どこで見られるか知れないらしい。

「ふーんそっか。まーそう言われたらそんなカンジだったかも」

当然の事だが正直に話せるはずがなかった。嘘ではないが真実でもない。その親戚の男と日頃から肉体関係にあるなどと、どうして素直に言えようか。

ひとまず追及の手は逃れたものの、衆目はすぐそこまで迫っていたと知り、内心穏やかではいられなかった。

あれから10日ほど。叔父との関係は未だずるずると続いている。思うところはもちろんあるが、気が付くと手を引くタイミングを逸していた、という感覚だった。

最初は嫌悪を抱いていたセックスも、今では多少なりと慣れつつあった。不遜と言えるマイペースさに振り回される事は未だあれど、そこにさえ目を瞑れば、煩わしい親から退避するには絶好の避難所であった。

――もっとも。最近は本格的な相手をしていない。口や胸だけで済ませスキンありですら挿入を拒んできた。もちろん叔父はその都度ごねたが、「油断するとすぐ調子乗って生でするから」と指摘してやると、身に覚えがあるだけに強くは出られない様子だった。

物足りなさげな叔父を目にすると璃沙は胸がすく思いであったが、あえて真相を語るならば、怖かったからという理由もある。

叔父相手に、自分は何度となく絶頂をした。感じて、乱れて、堪えきれぬほど嬌声が込みあげ、終えた後には情けないくらい脱力する。危険な行為に及びながらも拒絶する事は終ぞ叶わず、淫らに悶える自身の有様を思い知らされるばかりであった。

不安があった。快楽を前にしてああも無力である事実に。否――貪欲に快楽を求め始めている己自身の秘められた欲深さに。

このままではまずい。そう感じるのも致し方ない話であろう。踏み込む事が許容される領域を、すでに超えつつあるのだから。

幸いな事に、ここ何日かはその心配もなく比較的平穏が続いていた。叔父が仕事関連の事情でアパートを留守にしているためだ。

――おじさんがいない間も自由に使っていいからね。

出がけに言われた通り、思う存分叔父宅を利用させてもらっていた。留守である事は親には秘密で通う名分には事欠かず、合鍵があるため出入りも容易だった。

おかげでこうして気兼ねなく遊んでいられるわけである。

「ってかさー、璃沙っち最近ブルー入ってない？」

友人の声で、璃沙ははたと物思いから覚めた。

「べ、別にー？　フツーでしょ」

「そぉー？　なーんかちょいツマんなそーだったりして見えるんだけど」

「そ、そんなコトないって」

笑顔を浮かべ、意味もなく目の前のメロンソーダを掻き混ぜる。

が、しかし。言葉とは裏腹に、璃沙は内心もやもやとしたものを抱えていた。

（そりゃ、確かに……なーんかちょっと物足りないかなー、とは思うけど、さ……）

今にして思えば、ああも快楽が続いた日々を知らない。腰が抜けかねないほどの深い絶頂を得た記憶も。処女の身ではなかったが、そこまでに至った事などなかった。

叔父ではないが、欲求不満と感じぬでもない。あれは一種の麻薬なのか、心に巣食った性への渇望が徐々に身を蝕みつつある。認める事は断じて不本意であるのだが。

連日朝から遊び回っているのも気分を変えたいと望むがゆえだ。じっとしていると何か落ち着かないのだ。

ありがたい事に、やりたい事、遊びたい事は山ほど抱え込んでいる。仲間たちとて同じに違いない。溢れる好奇心を満たしてこそ有意義な夏休みと言える。一見無駄なお喋りでさえ、年若い少年少女らにとっては大いなる遊戯の一つなのだ。

——♪～～、♪～～。

と、その時、自前の携帯から軽快なメロディが鳴り響いた。

「あ——明宏からだ。ちょっとごめん。——もしもし、うん、私」

コールの主は彼氏であった。今日久々に会えないか、という要件であった。

璃沙は二つ返事で承諾した。ここひと月ほど満足に会えなかったのだ、久しぶりのデートの誘いを断る理由など皆無だった。

「いーなー璃沙っち、彼氏イケメンでさー」「アタシもあっくんほしー」「ゴム持っとけよー」等々、茶化す仲間らに手を振って別れ、店を出て一路彼氏のもとへ。

これぞ天恵。期せずして得られた恋人とのひと時。これなくして何が夏休みなものか。

今日はたっぷり楽しんでやろう。浮かれ歩調で璃沙は街並みを行くのだった。

※

「よ、久しぶり璃沙」

最寄りの駅を待ち合わせ場所とし、先に到着し待つこと数分。

一足遅れで現れた少年が手を振りながら駆け寄ってきた。

「遅い。言い出しっぺが遅刻とかマジないし」

「悪い悪い。午前中は部活でさ」

そう言って頭を掻くのが、交際中の彼氏である志水《しみず》明宏という少年だった。

一年上の彼はサッカー部員で近くある大会に向け練習ずくめであったそうだ。それが終われば今度は受験勉強が控え、またしばらくはかかりきりになると言う。

璃沙としては会えぬ時間に不満はあったが、ルックス良し成績良しのイケメンであるため自慢出来る彼氏だった。

「じゃ早速行こうぜ。久々だし楽しまなきゃな」

イニシアチブを取ってくれるのも異性としては評価出来る。この年頃の女性にとっては強さこそ男を測る物差しなのだから。

璃沙とて無論、存分に堪能するつもりだった。叔父との件で思うところが多々あったし、本来の恋人相手に気分を入れ替えたいとも思う。これから始まるデートなどは叔父との差異を示す最もたるもののはずだった。

が、しかし。

「な、なあ璃沙。そろそろ……じゃね？」

これで聞かれたのは何度目だろうか。璃沙はじきに気分が消沈していくのを感じた。

思い至るのに遅れたが、彼はしばらくご無沙汰だったのだ。デートの序盤ですら逸る気持ちを押し殺している様子が窺えた。わずかでもこちらが折れようものならば即、行為に走らんとするほどに。

互いに若いのだ、気持ちは分からぬではなかったが、こう露骨に飢えた態度では面白かろうはずがない。

結局まだ明るいうちに仕方なく応じてやる運びとなった。

問題はその先だった。気が急いていたのか明宏は「場」を用立てておらず、挙句ホテルも金銭的問題から却下せざるを得なかった。

璃沙とて自宅など使えるはずもなく、悩んだ末に行き着いた先は、あろうことか、叔父宅であった。

(なんで明宏とする時までここなのよ!)

さすがにこれには気が削がれるのも否めなかった。他に当てがないとはいえ最低の場と言わざるを得ない。事情を知れば彼とて反対するだろうが、それでは即破局に繋がるのは想像に難くない。

何も知らない明宏は完全に叔父を舐めきっており、「ただで使えるホテルみたいだな」と呑気な台詞を口にする。璃沙が内心苛ついたのは言うまでもない。

そしていざ始まってみると。さらなる問題に直面する事となった。

「はぁぁ……璃沙、もういいよな？　俺もう無理だし」

璃沙は思わず「え？」と聞き返していた。開始数分、乳房や陰部を触られた。キスもしたしペニスにも触れた。いつもの行為。以前と特に変わってはいないはず。だというのに身体がロクに反応せず満足に濡れる事すらなかった。

小さく頷き受け入れてやりながら、我が身の事に動揺する。以前はこれで十分濡れた。興奮もしたし感じもした。それがどうだ、今はさして昂るでもなく物足りなさが募るばかりではないか。

「はぁはぁ、うう、璃沙……！」

興奮の面持ちで腰振る彼を、璃沙は冷めた心地で見ていた。膣に覚える圧迫感も長さも刺激も、どれ一つとて叔父のそれに及ばない。感じなくはない。でも欲しかったのはこれではない。奇妙な違和感が女心に淀みを産み、加速する彼に虚しく取り残されていく。

それでもどうにか昂りつつあったが、その頃には相手に限界が来た。震える呻き声と共にスキンに白濁が溜まっていくのが、いやにはっきりと知覚出来た。

「ふぅぅ……良かった。璃沙は？」

「う……うん……良か、った……」

多少息があがった声で、璃沙はそう答えるしかなかった。

その日はその一度きりで、後は適当に喋って終わった。

※

「あーもう、なにさ明宏のやつ！」

合鍵でがちゃりとドアを開けたのは、不貞腐れた表情の璃沙であった。

叔父宅に着いて早々、口汚く愚痴を零し、涼を求めて手早くエアコンのスイッチを入れる。その姿は私服で、ゆるふわ系のピンクのミニワンピースに薄手の白いシャツを重ね着した格好だ。夏場らしく襟元を開けた白い肌が際立つ姿だが、乱暴に靴を脱ぎ捨てる仕草には、可愛らしい見た目とは裏腹に険悪な苛立ちが見られた。

「そりゃ、練習で疲れてるのは分かるケド、だからって一発こっきりとか！　それも超テキトー、せっかく久々に会えたってのに」

昨日の情事を思い返せば、口から出るのは不満ばかり。

勝気で我がままな璃沙ではあるが、恋愛関係を円滑にしようとする程度の節度はある。

だからこそ昨日はあえて何も言いはしなかったが……。

「ぜんっぜん気持ち良くなかった。なんでよ……」

やっと素直にセックスを楽しめると思っていた。自他共に認める恋人同士なのだ、官能を隠さず遠慮なく没入出来るものだと。

にもかかわらず結果は散々なものだった。さして感じるわけでもなく一度としてアクメに至れなかった。まるで下手糞な素人相手に演技を強いられた心境だった。否――本当は分かっている。明宏は普段通りであっただけだ。変わったのは恐らく自分。これまで満足出来ていたはずが出来なくなっていたのだ。

叔父のベッドに身を投げ出し、天井を見つめ考える。裾が捲れショーツが見えかかるも無人なため一顧だにしない。

この三週間ほどで見慣れつつある部屋。ここで何度叔父に犯されただろう。何度抱かれた事だろう。数える気にもなれはしないが、軽く見積もっても一回で二度三度とアクメに達している。それで数をこなすのだから達した総数は相当なものとなるだろう。

興奮度においても両者には雲泥の差があった。拒否を示しておきながらも、あのスリルに興奮を得たのは確かだ。彼氏との行為にはそれがまったくと言っていいほどなく、平々凡々で退屈とすら思えたほどだ。

一体いつの間に変わったのか。心当たりは無いとも有るとも言い難い。気づけばこうなっていたのだが、変化の兆しに無自覚だったとは断言出来なかった。

（っ――なんであの人の事考えちゃうのよ、いなくてせいせいしてるってのに……）

脳裏に浮かぶ光景を消す事は存外に難しかった。身体が飢えている。あれをよこせと訴えている。足りないと嘆いている。

苛立ち紛れに傍らの枕を拳の甲でばふっと殴る。

男の独り身にありがちな、さほど洗っていない枕である。皺の寄ったカバーからは小さな埃が舞い上がり、陽の光に透けながらふわふわと中空を漂った。

今度文句言って洗濯させよう。そう思った矢先、璃沙はふと、微かなにおいを覚えた。

（あ――これ、あの人の……）

即座に分かる。最近嗅ぎ慣れてきた独特の体臭。加齢臭が混じり始めており、あまり好きではなかったもの。

なんとなく。特に意味はなく、枕に鼻を寄せにおいを嗅ぐ。少し酸味のある恐らくは汗のにおい。今でも決して良好なものとは言い難い。

だというのに璃沙は、急に身体が疼き、熱を帯びてくるのを感じた。

（なんでよ、ちっともいいにおいじゃないのに、嗅ぐの、やめられなく……頭、ふわふわしてきて……）

今また揺り起こされるのは、つい先日まで続いていた、この部屋での記憶である。

嫌というほど肌をまさぐられ気色悪さに身震いした日。

時間をかけた執拗な愛撫に辛さすら覚えるほど敏感になった日。

未体験の羞恥に苛まれ濡れたくなくとも濡れてしまった日。

そのすべてで自分は官能を得た。絶頂を経て、さらに絶頂した。一夜かけて抱かれるという事をここで初めて体感した。

同等の官能を彼氏相手にも期待した。だが無理だった。彼氏とあの人は違うという事も、やはりこの場所、このベッドの上で知ったのだ。

沸々と込みあげるものに耐えかね、躊躇いながらも枕を腕に抱く。ぷぅんと漂う加齢臭が再び鼻腔の奥底を突き、言葉以上の某かを牝の本能に訴えかけてくる。

（ヤバ、私……したく、なってきちゃって……）

とうに初潮を迎えた身体である、己が内の変調など訝る事なく分かろうというもの。熱と疼きがその前兆である事は疑いがなかった。

身体を横向け太腿同士を小さく擦り合わす。素足の付け根の奥、陰部はまだ濡れてはいないが、欲情の種火は確かに熱を宿している。鼻で呼吸しにおいを吸うごとにそれが大きくなるのが分かる。

きゅっと唇を噛み眉間に皺を寄せた。あり得ない。あの人のベッドで自慰をするなんて。あろうことか、その人の体臭で発情するなんて……。

しかしいくら否定しようと一度そこに欲望を認めれば身体は自然と流されていった。淫らな記憶とそこにまつわる異性の体臭。その二つはセットとなり胸を焦がす熾火と化した。繰り返し抱かれよがる己を次々と思い出させていく。妄想が徐々に下腹を疼かせ、胎の内に切なさを募らせていく。

そして璃沙は視線を上に向けた際、偶然というものの恐ろしさを知った。

ローターであった。電動式で有線型のピンク色の淫らな玩具が、ベッドボードのラックに置いてあるのを発見したのだ。

最初に持った感想は呆れであった。恐らく使うために準備してあったのだろう。嫌がられるのは考えるまでもなく分かるだろうに。

続いて胸に抱いた感情は、少しの躊躇と、大きな好奇心だった。

（どうしよう、アソコ熱くなってきてるし、でも……）

危険な領域に踏み込みつつあるのをなんとはなしに自覚する。これはある種の罠だ、手を伸ばしてしまえば泥沼に嵌まるに違いない。

その一方で疼きは強くなるばかりであった。枕のにおいが鼻腔を侵食し意識に薄い靄をかけている。発情時特有の無軌道な欲求が冷静さを奪いつつある。

（っ——ちょっとだけ……ちょっとくらいなら……どうせ誰もいないんだし……）

生憎と生来から我慢強い方ではない。自己弁護の精神がむくむくと首をもたげ始め、しばし迷ったが結局は手に取っていた。

興味を持ったのは、この手の代物に触れた経験がないからだ。スイッチ等は見れば即分かり使用方法も大まかには知っているため、記憶を頼りに準備を整え、仰向けに変わり、ワンピースの裾を捲って淡いブルーのショーツを露わにする。

どれほどの刺激があるか知れぬため、まずは直接触れるのを避け、ショーツの布越しに楕円形の玩具を押し当てる。

そしてスイッチをオンにした途端、玩具はヴヴヴと振動を開始し、

「あはぁッ、はぁン……！」

璃沙はぴくりと腰を反応させ、膣口に走った未知の感覚に甘い声音を漏らしてしまった。

（ヤバ、これ結構クるかもっ……アソコの奥まで結構ぶるぶる来て……！）

設定は最弱であったが伝わる振動は決して弱くは感じなかった。むしろ強すぎたと思う。感じやすい部位だったのかもしれない。

なんにせよ璃沙は早くも膣口が甘く痺れつつあるのを実感した。手指の愛撫とはかなり違う、小刻みな振動が入り口を擦り粘膜の内にまで響いてくる。すでに熱く疼いていたため振動だけでも想像以上の刺激をもたらした。

とはいえ高みに至るほどではない。絶頂を欲する肉体にとっては未だ物足りなさがある。

ならばとクロッチにぐっと押し当て上下に緩くさすってみると、これまた新たな官

能が訪れ、知らず腰がぴくぴくと震え躍った。

「あはぁッ、ンンッ、いいのぉ、アソコ、じんじんしてきちゃ、う……！」

指や唇ほど激しさはないが、一定のリズムを刻む振動は思った以上に膣に快い。入り口が擦れ奥が微震える。布越しに小さく割れ目を這いずる。発情した身体に確かな刺激と官能が広がっていく。

璃沙はいけないと思いながらも、たちまち行為に没入していった。他人の家で自慰をするなど間違いなく非常識である。部屋主を思えばなおさらと言えよう。彼氏を連れ込んでの行為ですら本来あり得ぬものだった。

されど今さら止められぬ事も事前に分かってはいた。一度火が付いた女の身体は易々と鎮まるものではない。もっと、もっとと続けるうちに、感覚はより鋭敏化し貪欲に快楽を欲していくのだ。

「はぁ、はぁあッ、気持ち良くなっちゃう、もっと欲しくなって、ちょ、直接じゃない、と……もう……」

鎮まらぬ欲望は欲望を呼び、今ある官能のさらにその先をと浅ましく懇願を始める。わずか数分刺激しただけでクロッチには薄く沁みが出来ていた。脱いだ方が汚れずに済み今よりもっと気持ち良くなれる、そう理屈をつけ空いた方の手でショーツをするすると丸めて脱がす。

そうして剥き出しとなったヴァギナに再びローターを押しつけると、より鮮明となった振動に璃沙は思わず内股となった。

「だめ、ヤバいこれぇっ、クるっ——クリ擦れて、一気にクるっ……！」

再度横倒しとなり身体がくの字に折れ曲がった。これほど感じるとは思っておらずなんの対処もしていないため、薄く開いた桃色のヴァギナから蜜が垂れてシーツを汚した。

快楽に打ち震えヒクつく腰は、嵌まっていく事に怯えるがごとく時折引き下がろうとする。が、指がそれを許さない。ローターを押しつけぐぐっと裂け目の隙間に潜り込ませる。内側の粘膜への直の刺激に腰はまたもぴくぴくと震え悶える。

みるみる迫り来る絶頂感に璃沙ははあと息を乱した。予想通り、粘膜の奥は熱い欲望でじっとりと潤っている。止まらぬ振動に膣襞が震え蜜がくちゃくちゃと攪拌《かくはん》されて、子宮口付近の襞の波たちは忙しないうねりを始めている。あと少しでも深くまで埋めれば膣壁が歓喜し咥えこんでしまうだろう。

鼻先にある枕の存在も快楽に拍車をかけていた。臭いはずの体臭が昂るにつれて甘美に思え、目を閉じ浸れば叔父に抱かれている気分となった。

そう、すぐ傍にあの男がいて悶える自分を見下ろしていたら。いやらしい顔で笑っていたら。そう思うだけで感度はなおあがり、首筋を這うような興奮がやってくる。

（やだ、あの目っ——あの目で見られてると思うと、ムカつくのに身体、どんどんっ……！）

一体いつの頃からだろうか。腹立たしいはずの男の態度に得も言われぬ高揚を覚え始めたのは。分からない。分からないが分かる事もある。それは、自分の中に被虐的な顔が存在しているという事実。

冗談じゃないと思いながらも身体は着実に悦楽の階段を駆けあがっていった。膣に渦巻く甘い痺れが腰を忙しなくカクつかせ、枕に埋まる鼻はふうふうと息を荒らげ、頬は紅潮し、衣服の中で乳首はぷっくりと勃起していき、

——ガチャリ。バタン。

「っっ⁉⁉」

あと少しというところで、璃沙は口から心臓が飛び出そうになった。

玄関だ。ドアの開閉音が確かに耳に入ったのだ。

鍵はかけてあったのだから入ってこられるのは自分を除けば部屋主だけである。帰ってきたのだ、あの男が。あれこれ考えるより先に大至急着衣を戻しにかかる。

足音が迫り来るまでの間、わずか十数秒。

男が顔を出した時には、璃沙は一見普通の装いでベッドに浅く腰かけていた。

「は、早かったじゃない、もっと遅いかと思ってた」

叔父の逸は「ただいま」と言ったきり、にこにこといつもの笑顔を浮かべていた。璃沙は努めて平静を装う。大丈夫、裾は戻したし外からでは見えないはず。ショーツを穿く暇はなかったがポケットに押しこんである。隙を見てトイレにでも行けばすべて解決するだろう。

が——そんな浅はかな目論みは、いともあっけなく崩れ去った。

「困るなあ璃沙ちゃん、部屋を使っていいとは言ったけど、オナニーまでしていいなんて言った覚えはないよ」

「な、なんのこと？　っていうか、そんなコトするワケ……！」

「じゃあ、これは何かなあ？」

「あッ……！」

叔父の手が背後に伸びたかと思うと、隠して置いてあったローターのスイッチが握られていた。

「これ、おじさんのだよねえ。それがどうして璃沙ちゃんのオマ〇コに入ってるのかなあ？」

「それは、ぐ、偶ぜ——きゃッ……！」

言い終えるより先に太腿に手が伸び、ベッドに腰かけた体勢のまま左右に開かれ、がに股にされた。

璃沙は堪らず羞恥に口籠る。裾を捲られ露わとなった剥き出しの淫唇。桃色に輝くその入り口はすでに蜜でしとどに濡れ、浅い部分ではピンクのローターがコードを垂らして咥えこまれていた。

これで言い逃れなど出来ようはずもなく、頬は赤らみ悔しげに歯が軋る。

そんな姪の表情を、叔父は愉快そうに眼鏡の奥から眺めた。

「枕のにおいにも興奮してたよね？　おじさんの枕くんくんしてたからねえ」

「な、そんなコトするワケっ……！」

「彼氏君とのセックスじゃ物足りなかったのかなあ？　あんなに淡泊じゃ当然かもしれないけどねえ」

「なっ――なんで、そんなコトまでっ……⁉」

璃沙が驚愕《きょうがく》のあまり誤魔化す事すら出来ずにいると、叔父はニヤリと笑い、ＰＣを手早く立ちあげた。

映し出された画面を見て、璃沙は心底仰天した。

どのようにしたかは知れないが、録画映像には自分と明宏の姿があった。二人がこの部屋で何を話し何を行ったか、一部始終を克明に表示していた。

「盗撮――したのね⁉　信じらんない、サイテー！」

「おじさんがいない間、璃沙ちゃんがどうしてるか見たかったんだよ。まさか彼氏を連れ込んでセックスまでするなんてねえ。こっそりカメラを設置した甲斐があったよ」

叔父は笑みを濃くし、面白いネタが手に入ったと言わんばかりに迫ってくる。

「さっきのオナニーももちろん録画してあるよ。こっちのスマホでも確認出来たからね。――いけない子だなあ、ちょっと目を離しただけですぐムラムラしちゃうなんてねえ」

「ち、違う、私そんなじゃ――あはぁンッ……！」

睨みつけようとした璃沙は、しかし甘い声をあげベッドに背を預けた。膣内に入ったままの玩具が再び振動を始めたのだ。

「だめ、やめてったらぁ、ンンッ、電源止め、てぇ……ぁあッ……！」

再度訪れた甘い官能に身体はあっけなく膝を折った。先ほどは絶頂寸前だったのだ、あと少しというところで寸止めにしてしまった。その影響が如実に身体に出てしまったのだ。

「もう奥までぬるぬるじゃないか。イク寸前だったのかな。本当にエッチな子だなあ璃沙ちゃんは」

「はぁはぁ、うるさいぃ、変態、変態ぃ……ッ！」

込みあげる官能は喉を震わせ罵倒の声すら淫らにしてしまう。どこまでも卑怯で卑猥な叔父に反感こそ抱くものの、同時にこのシチュエーションに燃えてしまう己がいる。弱みを握られいいように弄ばれる自分。そこに興奮を得つつある状況に我が事ながら狼狽する。

「前から思ってたけど、璃沙ちゃんは苛められるのも好きみたいだねえ。お尻叩かれても感じてたみたいだから」

叔父は言って、ひくひくと震える姪の身体をうつ伏せにして膝を立たせた。次いで両手をベルトで後ろ手に縛り、今回は足首も拘束する。

そしてネクタイを両目に巻き付け、視界さえをも奪った。

「な、なにすんのよ、これじゃ見えないっ……！」

「こうする方がもっと興奮するはずだよ。ほぉら、こうやって動かすと……」

持ち上げたままの尻に手が触れ、コードがくいっと引っ張られた。

振動する玩具が膣内でずれ、粘膜がぶるぶると掻き乱されて、

「あッ゛あ゛あ゛あッッ！」

璃沙は淫らに腰をくねらせ歓喜の声をあげてしまった。

「はぁはぁ、やだ抜いてぇッ、じんじんする、あッ゛あ゛あ怖い、怖いぃッ……！」

悔しい事に叔父の言う通りであった。手も足も動かず視界すらない、その上で恥部を視姦し責められるという心境は、肌すべての感覚を研ぎ澄ませ、感度をひと回り鋭敏にした。

膣の感度があがったせいか、少しローターが動いただけでも嫌と言うほどそれと分かる。見えないだけに想像が掻き立てられ、今にも再び動くのではないかと不安すら覚える。緊張感に手足が震え、肌には次々と汗珠が浮いていく。

その緊張感が快楽と比例するのは、きっと気のせいなどではない。現にしばし放置されると官能と同時に強い疼きが膣肉を熱くする。

そこへ指がずぶっと押し入ると、振動と摩擦が深くまで浸透し腰が快感にぶるぶるとわななないた。

「あッあッ奥まで、だめ来てるうぅッ！」

「オマ○コがぎゅうっと食い締めてくるよ。おじさん指が食い千切られちゃいそうだ」

玩具もそうだが指の節くれとて十分な刺激となり得た。ずりずりと無遠慮に膣襞を擦る太くて無骨な指の関節。微細な振動と異なるそれは、疼きを溜めた膣粘膜に新鮮な快感を広げていく。

璃沙はがちがちと歯を鳴らし、激しい羞恥と屈辱感と、子宮にまで染み渡る愉悦に震えた。

認めたくない。認めたくないが身体は確かに認めていた。この快楽、この昂りこそ自分が求めていたものだ。他事など一切忘れ去って今一瞬のみに心震わせたい、刹那《せつな》の興奮を心ゆくまで噛み締めたいのだ、と。

これを求め彼氏と寝たが得られたものは一つとてなかった。ここにはそれがある、怖いほど興奮し悔しいほどに感じている、その事実が意識の中で幾度も弾け閃光をもたらす。

しかもこれだけで済ませるほど叔父は生易しくない。ローターのパワーを徐々にあげて刺激を強くしてくる。高まる官能に璃沙が悶え「だめッ、だめッ！」と叫ぶごとに、被虐心を煽るかのごとくからかいを交えた声をかけてくる。

「まだまだどんどん濡れてくるねえ。いやらしいお肉が目に見えてひくひくしてるよ。ああすごい、お豆もぷっくりと膨らんでるねえ」

「はぁはぁうるさいぃ、いやらしいコト言わな——んあ゛あ゛あ゛あ゛あッッ！」

——ヴヴヴヴヴヴヴヴ！

——じゅるっじゅるっじゅるっじゅるるっ！

振動はいよいよ強にまで達し膣奥を大胆に攪拌してきた。同時にクリトリスに唇が張りつき豪快な音を立ててしゃぶる。責め立ててくる。

璃沙もとうとう尻を振って浅ましいほど乱れ喘いだ。初体験の斬新な官能は腸《はらわた》が震えるほど刺激的だった。知らず縛られた手足がバタつき痛みを覚えてくるほどに。

そして、その上でなお焦らしてくるのが、この中年男なのである。

再びスイッチを弱に切り替え指もぬぷっと引き抜くと、今まさに達する寸前であっ

た姪に向けて言ってくる。

「困るなあ璃沙ちゃん、おじさんはちっとも気持ち良くないのに自分一人だけイキそうだなんて」

「はあっはあっ、ど、どぉして——あとちょっと、なのにぃ……ッ！」

未だ悔しさは残っているのに出てくる言葉は紛れもなく哀願であった。これで二度焦らされた形だ、いい加減我慢の限界だった。

それを承知でやるのだから本当にこの男は底意地が悪い。拘束がなければ蹴りつけていたやもしれない。

「そんなこと言ってもおじさんだって見てるだけじゃ退屈だよ。せめて璃沙ちゃんがしてくれたらねえ」

「っ——分かった、わよ……すればいいんでしょ、口で……！」

鼻先にペニスが迫った事は見えずともにおいで分かった。何度も咥えた牡臭い男根だ。カリのサイズすら体感として覚えている。

この太長い勃起に埋め尽くされたい、込みあげた熱をあと一歩押し上げてほしい、そう願う欲望が怒りを押し退け口を大きく開かせる。

「は、早くしてよ、口開けたままだと辛いんだから……」

「それじゃお言葉に甘えてと。——おお、最初からぱっくりいったねえ」

目いっぱい開いた唇の中に自らのカリがすっぽり入ると、叔父は楽しそうに腰を軽く前に押し出した。

「口の中もびしょ濡れじゃないか。やっぱり璃沙ちゃんは苛められる方が感じるねぇ」

ふざけた台詞に苛立ちがないではなかったものの、生憎と璃沙には余裕などなかった。口内に広がる苦みと臭みが不思議と今は恋しさを呼び、一刻も早く入れてもらおうと一心に舌を蠢かせていった。

（大きい、ぶっとい先っぽ口ん中いっぱいに……でもほしい、これがほしいの、私のアソコ、オマ○コん中、これでいっぱい掻き回してほしい……！）

なぜこうもと思うほどに欲望が沸々と内から込みあげる。決して美味でなく大きすぎて咥えにくい。それでもこの逞《たくま》しい男根からどうにも心が離れない。膣肉が求めてやまない。

じゅるじゅると音を立て、しきりに首を振りカリをしごく。鈴口から滲み出るカウパー液を舌でこそぎ取り嚥下する。夏の暑さに蒸れた鎌首にも入念に舌を這わせ刺激する。

思えばこの技術もすべてこの男が教えたものだ。一般女性はそう易々とフェラチオなど行わない。お遊び程度の経験ならあったが、こうまでやれるようになるとは思わなかった。

「ああ、気持ちいいよ璃沙ちゃん……そう、上手だねえ。おじさんもしたくなっちゃうよ」

叔父はうっとりした声音で言いながら、ローターのパワーを再び強に変えてきた。

「んむ゛む゛むッ⁉　゛ん゛ん゛ん゛う゛う゛んッッ！」

突如勢いを増した振動に膣肉は攪拌されぶるぶるとわななく。驚き尻を揺すり立てるも、自らの手でどうにかなる刺激ではない。わずかに冷めかけていた淫熱が急速に再燃し蜜が溢れ出た。

「んむ゛むッんぐッ～～はあっはあっだめえ、またクる、いいのクるッ、もうちょっとで私ぃ――――！」

「もうイキそうなのかい？　しょうがない子だねえ」

叔父はまたしてもパワーを弱め、あと一歩のところで三度《みたび》焦らした。

姪の身体を仰向けに変え、足首の拘束を解き、目隠しは残したまま濡れた膣孔からローターを引き抜く。

「さあ、次はどうしてほしいんだい？　言ってごらん璃沙ちゃん」

「っっ――――ほ、ほし、ぃ……な、中、に……」

ぷるぷると震える璃沙の口から、懇願めいたか細い声が途切れ途切れに漏れてくる。

「声が小さいなあ。大きな声で言ってくれないと、おじさん聞き取れないよ」

「っぐ――ほ、ほしい、の……おじさんの、ほしい……！」

「おじさんの何がだい？　ちゃんと口に出してごらん」

「っっ〜〜〜お、おちんちん、おちんちんがほしいの！　おじさんのおちんちん入れてほしいのっ！」

璃沙は白旗を振る思いで、とうとう望みを大声で口にした。

悔しかった。情けなかった。よもや自分からおねだりする日が来ようとは思いもよらなかった。言わされた事にも無性に腹が立った。

けれど口にした瞬間それが本音なのだと気づく。これ以上待てない。枕以上に牡臭い男根を渇望していた自分がいる。その自分が叫ぶのだ、早く入れて、私のオマ〇コに、と。

そして願いは聞き入れられた。叔父が満足げな笑声を漏らし、両足を開かせ肉棒を埋めてきたのだ。

「よく言えたねえ、さあご褒美だよ璃沙ちゃん」

「ああっ゛あ゛あクるううぅッッ！」

途端に璃沙は、はしたなく身を捩り歓喜の声を張りあげていた。

「あッあッいいのぉ、すごいッ！　大きい、太い、敏感なトコ届いちゃううッッ！」

ローターの振動すら届かぬ深部が巨大なカリにひと息で満たされた。力強い一撃に子宮がどすっと跳ね上がり、一気に背筋まで官能が突き抜ける。身体中がカッと熱くなり臨界点へと即座に差し迫る。

ただのひと突きでこれなのだ、この後得られる快楽は想像に難くない。期待に胸躍り乳首がぴんと立ち、着衣と擦れてまた新たな官能と欲望を得る。

次いでペニスが抽送を始めれば、もはや何一つ取り繕う事など出来はしなかった。

「あぁッあぁ゛あッ、気持ちいい、すごい感じるゥッ！　ぜんぜん違う、この前と違うぅッ……！」

彼氏相手の時と比べると得られる快楽は段違いであった。辛くなるほど長い前戯により身体は火照りきり粘膜はくまなく濡れそぼっている。羞恥と興奮を経た膣襞は感度が軒並み上昇しており、軽くペニスと擦れ合うだけでもびりびりと甘美な電流を生み出した。

ペニスの感触でさえ彼氏とは雲泥の差だ。握り込めぬほど太いサオは粘膜を根こそぎ引っかいていき、張り出たエラは削り取る勢いで膣奥の弱い襞肉を捲る。先端はずしりと最奥まで届き、疼きの溜まった子宮器官ごと腰骨さえをも甘美に痺れさせた。

璃沙は見る間に愉悦に溺れ、ムカつくはずの男に向けて自ら足を開き、腰を押しつける。

その仕草に興奮したのか叔父は鼻息を荒らげ、ひと突きひと突きに強く力を込めてきた。

「ああ゛あッああ゛あァッ！　つ、強いぃ、゛あンッ！　こんなのっ、感じすぎちゃうゥッ！」

「ふぅふぅ、今日の璃沙ちゃんは一段と敏感だねえ、柔らかいヒダヒダがすごく絡んで蠢いてるよっ……！」

「へ、変態ぃ、いちいち言わないでったらぁッ……！」

膣襞の蠕動が気持ちいいらしく叔父も珍しく早々《はやばや》と息が乱れてくる。あるいは彼も欲求不満を抱えていたのか。分からないが、いつになくペースが速く、次々と男根が引いては送りこまれてくる。

対する璃沙は明らかに欲求不満だった。ひと突きごとに膣が甘痺れ腰がくねって昂りが止められず、粘膜の熱があがるにつれて吐息が弾み嬌声が溢れ出る。視覚が利かぬぶん感覚はそこに集約し、飢え乾いた獣のごとくセックスという名の悦楽を貪った。

(馴染んじゃって、る……おじさんの形、覚えちゃってる……形変わって、前よりどんどん気持ち良くなって……！)

今こうして抱かれている間にも変わりゆく自分を認識した。なぜ未だにここを訪れていたのかも。彼氏では物足りなかったもう一つの理由も。

受け入れるのは少し怖いが込みあげる愉悦がそれを脇へと押しやった。今はただ感じたい、夢中で快楽を貪りたい、その思いだけで理性を置き去りにし高みへと昇り詰めていく。尻を持ち上げ抽送を受け止め桃色のヴァギナをぎゅーっと狭める。

その瞬間、叔父の口から呻き声が漏れ、膣奥で肉棒がぶるるっとしゃくりあげ、

「おお璃沙ちゃんっ、おじさんもう出るよっ……！」

「私も、私ももう無理っ〜〜あッ゛あ゛あ゛あもぉイク゛う゛う゛うッッ！」

――ビュルッビュルッビュルッビュルッビュルルルッ！

――ビクッビクッビクッビクッビクッ！

期せずして二人は同時に果てた。大量の精液が膣内で迸り膣洞がぶるぶると歓喜に収縮する。数日の間を置いた結果、両者共に溜まっていたのが如実に知れる反応だった。

(出てる、生で精液っ――オマ〇コの中に……！)

避妊抜きでの性交はこれが初めてではないが、かつて感じた嫌悪感が今は程遠い事に驚く。膣奥と子宮を焼く熱感はアクメをさらに上乗せし、牡と強く繋がったという達成感じみた気分をもたらす。中で出されても気持ち良くはない、そう友人から聞いていたが、それは嘘だと今は思えた。

「ふうぅ……満足出来たかい璃沙ちゃん？」

叔父は放出を終えたが、一向にペニスを抜く気配はない。硬度もまるで落ちておら

ず、膣内で反り返ったままだ。

案の定、ペニスは再びスライドを開始し、余韻に打ち震える襞を丹念に擦りあげてくる。

「はぁはぁ、ま、たっ——出したばっかりなのに、もぉっ——ムカつく……！」

「少ししたらまた溜まっちゃってねえ。せっかくなんだからお願いしようかなって」

そう言って今度は襟元に指をかけ、ブラごとずり下げてたわわな乳房を露出させてくる。

「今日の璃沙ちゃんは一段と可愛いねえ。おじさん何発でもやれちゃいそうだよ」

「……サイテー。マジキモいんだけど。——あぁッ、あッあッ゛あッ……！」

再度加速する腰突きに、璃沙はびくびくと淫らな反応を繰り返す。

予想通り、その後も二度三度と喘ぐ羽目になった。

※

「それじゃ璃沙ちゃん、遠慮しないでまたおいで」

明けて翌朝。帰宅するべく玄関に向かうと、叔父がいつものように見送りに来た。

「はは、そう怒らないでよ。今度はきちんとゴム付けるから」

起床してから終始無言であるのを、機嫌を損ねたと思ったのだろう。

璃沙は——しばし背を向け黙考した後、冷えた口調でこう言った。

「──もう来ないから。はい、これ合鍵。返す」

「え？　り、璃沙ちゃん、どうしたんだい突然？」

本気で驚いた叔父の顔を、久々に見たと璃沙は思った。

# 五章　Like to escape（狂う歯車）

「違うっしょー、今日はコッチじゃなきゃさー」

「マジー？　あそこもう流行んないってー」

猛暑はいよいよ佳境に入り、夏真っ盛りという時期である。

青空の広がる賑やかな街角を、数名の少女らが戯れ歩いていた。

有り余る休暇を満喫すべく、皆一様に遊び方を模索している。

その少女らの集いの中には、皆川璃沙も普段通りに混じっていた。

「ねー、璃沙っちもそー思うよねー？」

「え？　あーうん、そー思う」

「だよねー、んじゃ次はアッチの店決定ー」

他愛ない事柄でけらけらと笑い意気揚々と歩く友人たち。

一歩遅れて続く璃沙は、曖昧な笑みを浮かべながら、ふと、何もない空を仰ぎ見る。

（あれからもう一週間とちょっと、か……）

決して退屈なわけではない。仲間と連れ立って街に繰り出し気になる店を片端から
練り歩く。大型連休でもなければ、なかなか気ままに堪能出来ない遊びの一つだ。

しかし楽しく思う一方で、どこか気がそぞろである事も密かに自覚している。

ふとした拍子に気を緩めれば、思い出すのは、決まってあの時の光景であった。

最後に顔を合わせたあの日――あの玄関。安アパートのドアの前。

あの時璃沙は、過度に冷淡な物言いで、叔父にきっぱりと別れを告げた。

「いい加減ムカついてウザいから。いつまでもおっさんなんかの相手してらんないし」

突然の別れ話に戸惑う叔父を、そう言ってすげなく突き放したのである。

こんな関係を続けていれば、今は良くともいずれは両親に知られるだろう。彼氏との関係も確実に切れる。引き時である事は熟考を経ても間違いなかった。

――というのが建前である。嘘ではないが、それがすべてであるとも言えない。あういう男である事などとうに分かっていたのだし、盗撮についても腹は立ったが半ば諦めもついていた。きっかけではあったが腹に据えかねたわけではなかった。

別離を決意させたのは、ひと言で言えば不安と恐怖だった。

セックスに嵌まっていく自分。快楽に依存していく自分。

そして――叔父以外では満足出来なくなりつつある自分。

それをあの時知ったからこそ今のうちに逃げようと思った。このままいいようにされ続けるのは率直に言って腹立たしいし、何よりも、ずるずると引きこまれていき抜け出せなくなりそうで恐ろしかったのだ。

今ならばまだリセット可能な関係であるはず。軽い気の迷い、一時の火遊びであったという体にしてしまえばいい。そう考えて手を切った。正しい選択だと我ながら思った。

（それなのになんで……まだあの時のこと考えてるの……）

最後尾を歩きながら、仲間に知られないよう、そっとため息をつく。

思い出されるのは別れ際の叔父の顔だ。さすがに狼狽し食い下がったものの、彼氏の存在を理由にすると、消沈こそしたものの意外なほど素直に受け入れた。

「そうだね。璃沙ちゃんがそうしたいっていうんなら……」

そう言って寂しげに微笑み、帰宅する自分を大人しく見送ったのである。

もっとごねると予想しただけに内心ひどく驚いたものだ。何か裏があるのではないかと本気で勘繰り、問い返そうか迷ったほどだ。

（何が「おじさんのとこに来ないからって変なとこ行っちゃいけないよ」よ。今さら善人ぶってバカみたい）

あの男の口からそんな台詞が出た事自体が意外だった。これまでの行為は良識ある大人のそれとは、世辞にも言い難いのだから。

もっとも。こちらに対して好意的であった事だけは確かである。欲求不満だったとはいえ何年も会わなかった姪をあっさり自宅に寝泊まりさせるなど、そこだけを見れば相当なお人好しと言えよう。初日に関しても、当初から行為に及ぶ意図はなかったように思う。変質性は元からだろうが叔父を駆り立てた某かがあったとも考えられた。

（もういいじゃん、終わったんだし。悩むコトなんてないって）

軽く頭《かぶり》を振り物思いに見切りをつける。立場や年齢差を鑑みても続くはずのない関係なのだ。最初からそのつもりであったし相手とてそれは同様のはずだ。

（ってか、続くって何よ、別に付き合ってたワケじゃないし……こっちは宿代、あっちは欲求不満解消のためだけ。第一好みじゃないし見たまんま中年だし）

そう、特別な感情など介在するはずはなかった。互いに都合が良かっただけ、利害が一致しただけ。持ちつ持たれつ、援助交際とある意味大差はないはずであった。

しかし同時に認めざるを得ない。あそこは確かに居心地が良かった。あの空間で過ごした時間は案外悪くないものであった。解放感は自宅の比でなく行為に目を瞑れば羽を伸ばせた。あれこれと世話を焼いてもらえた。

そして、それらに別れを告げ、再び舞い戻った日常は。

平穏で。それなりに楽しくて。けれどどこか刺激に欠ける日々であった。

余暇はたっぷりあるというのに不思議と満ち足りる事のない生活。さりとて勉強などやる気になれず張り合いも得られない。

今日も今日とて鬱憤を晴らすべく日がな一日遊びに繰り出すも、どうにも今一つ刺激に欠ける。楽しげな友人らの後ろ姿が、不可視のカーテンにでも隔てられているかに見える。

まるで一人だけ別空間にいるかのよう。

心揺さぶるもののない日常を、璃沙は虚しく過ごしていった。

※

そんなある日の事である。璃沙は朝から彼氏の家の前に来ていた。

大会もこの前終わったって言うし、そろそろ暇が出来たはずでしょ。

そう考えてのアポイントメントなしでの来訪であった。

またデートでもして今度こそ気分をリフレッシュしたい。彼はきっと驚くだろうが別に構うものか。

ところが、早速呼び鈴を鳴らそうという時に、璃沙は目を見張る事となった。

(え、なに? 明宏と……あっちは、誰……?)

玄関のドアが開くのを見て、咄嗟《とっさ》に塀に隠れ、様子を窺う。

家から出てきたのは彼氏と、もう一人。同じ年代の見知らぬ愛らしい少女である。

姉や妹はいないはずなのでその可能性はない。従妹にしては雰囲気が違う。

ならば誰か。よもや——浮気相手か。

そんなまさかと思いながらも璃沙は憤りを覚える。女性と連れ立って歩くだけでも恋人からすれば面白い話ではない。事情を知らねば疑心暗鬼に陥ろうというもの。

二人は仲良さげに家を出て、こちらに気づく様子もなく住宅街の路上を歩いていく。微かな嫉妬と、それ以上に怒りに突き動かされ、璃沙はそっと後を追った。しばらく監視し、怪しい素振りを見せようものなら即座に現場を押さえてやるつもりだった。

（なによあいつ、馴れ馴れしい……え、腕組んだ？　なんなのよ、かなりマジっぽいじゃない……！）

歩くこと数分、間もなく繁華街というところで早くも雰囲気が怪しくなってきた。少女がべったりと寄り添ったのだ。明宏も特段拒むでもなくじゃれあうようにして許していた。

璃沙は頭に来て駆け寄り怒鳴りつけようとする。尻尾を掴んだとは言い難いが、これで黙って見ていられるほど自分は大人しい性格ではない。

だが運は二人に味方した。横断歩道の手前で偶然信号が赤になったのだ。二人は無事渡りきり平然と歩いていくが、あと一歩遅かった璃沙は車列に阻まれ道路際にて足止めを食らった。

璃沙は地団太を踏み「待ちなさいよ！」と声を荒らげるも、周囲の喧騒がその音を阻み二人の耳には届かない。何事もなかったかのごとく笑いあいながら街中へと姿を消していく。

あの様子から察するに、恐らく丸一日は帰ってくるまい。

なんという不運。疑惑のみがぽんとそこに置き去りにされ、証拠となるものは何一つとて得られていない。

璃沙は歯噛みし、未だ途絶えぬ車の列を忌々しげに睨む以外なかった。

※

あの後も慌てて追跡を試みたが、結局二人を発見するには至らなかった。

断言は出来ないが、どこぞの店にでも入りデートを楽しんでいたのだろう。

夕刻となり住宅街に朱色が差す中、璃沙は苛立ちを隠さぬまま自宅の門をくぐる。

最低な気分だった。せっかくわざわざ家まで出向いてやったというのに、浮気現場と思しき場面に出くわす羽目になろうとは。

鬱屈《うっくつ》した気分は晴れることもなく心に新たな淀みを生んでいる。閉じる門扉の軋む金音が、今はひどく癇に障る。

今日はもう誰にも会いたくない。誰と話す気にもなれない。

そう思う矢先に玄関で偶然鉢合わせしたのが、運の悪い事に、不機嫌丸出しの父だった。

「璃沙！　こんな時間までどこに行ってたんだ！」

「……どこだっていいでしょ別に」

璃沙は露骨に舌打ちして言った。まだ7時前後でこれだ。幼子ではないのだ、この程度の事でぐちぐち言われるのは毎度の事ながら鬱陶しくて仕方ない。

「塾に行く時間もとっくに過ぎている。来年は受験なんだぞ、分かってるのか！」

聞く耳持たぬという態度が腹に据えかねたのだろう。真横を通り過ぎようとした肩を、父は掴んで振り向かせてきた。

「うるさいな、ほっといてったら！」

「そうはいくか！　叔父さんのとこにも最近行ってないらしいし、また不良仲間と遊び呆けてたんだろう」

「誰が不良よ！　勝手な事ばっかり……今日は彼氏んトコ行って泊まろうと——っ、思っただけ、よ！」

怒鳴る途中で璃沙は、しまった、という顔をした。虫の居所が悪かったせいか、余計な事をうっかり口走ってしまったのだ。

当然父は眦をあげた。そもそも交際からして反対なのだ、異性の家に無断外泊など以ての外なのは自明だった。

「未成年が異性の家に外泊とは何事だ！　もしもの事があったらどうする！」

こうなった以上は売り言葉に買い言葉だった。父は怒鳴ったが不機嫌なのは璃沙も同じ、反発心が即座に首をもたげ日頃の鬱憤が一気に吐き出された。

「ふん、なに善人ぶってるのよ。自分たちだってやるコトやってきたクセに」

　ねめつけるような視線を浴びせかけ、璃沙は剣呑に歯を見せて嘲笑う。

「セックスするんじゃないか心配なワケ？　はっ、バカじゃないの、そんなのとっくにヤってるに決まってるじゃん」

「璃沙……お前……！」

「そんなのフツーでしょ。あ、何？　ケッコンするまでバージンでいろって？　頭沸いてるんじゃない？　それとも母さんはバージンで父さんは童貞だったワケ？　はは、マジウケるんだけどー」

「璃沙っっ！」

　――ビシィッ！

　鋭い音が耳元で響いた。一瞬目が眩み、一拍遅れて頬にじわじわと熱が広がる。

　ぶたれた。怒った父が平手打ちを見舞ったのだ。

「そんなに遊びたければ――家を出ていくといい！　どこへなりと行ってしまえ！」

「っ――――いいわよ出ていく、二度と来るかこんな家っ!!」

　多感な少年少女にとって、親から見放されるという事は想像以上に心にこたえる。たとえそれが上辺だけの言葉だとしても。口では平気だと嘯《うそぶ》いたとしても。

　嫌いだ。父も。母も。この家もすべて。

身の内に荒れ狂う衝動のまま、璃沙は自宅を飛び出した。

※

「…………うん……分かった。いいよ、ごめん急に……」

璃沙は公園のベンチの上で、携帯の通話を終え、がっくりと項垂《うなだ》れた。

これで全員。外泊可能な心当たりはすべて当たった。不運とは続くもので、こういう時に限って誰も彼もが都合がつかなかった。

空を仰ぎ見る。しばし時は過ぎ、夕刻を経て夜闇が大きく羽を広げている。じっと見ていると闇に押し潰されそうな気になってくる。

状況は最悪だった。勢い任せで飛び出したため満足に金も持っていない。足用のＳｕｉｃａと微々たる財布の中身、スマートフォンだけが手持ちの所持品。カバンすら持っておらず、まさに着の身着のままというところだ。

（野宿するしかない、のかな……）

それが危険を伴う事くらい璃沙とて理解しているが、事実上八方塞がりなのだ、選択肢は限りなくゼロに近い。さりとてすごすごと自宅に戻るなど今さらどうして出来ようか。

仕方なくベンチを立ち、当て所《ど》もなく歩き出す。その場を離れたのは、夜の公園はかえって危険と聞くからだ。

街中に行く気にもなれず、とぼとぼと歩くこと十数分。

ふと頬にひやりとしたものを覚え、璃沙は再び空を仰いだ。

「っ……サイテー……」

正体は雨粒であった。そういえば夕刻から雨天となる予報だった。

次第に雨脚は強くなっていき、やがてまとまった雨となった。

無論、傘など手元にない。住宅街なため雨宿りとて安易には出来ない。

本気で泣きたくなる思いのまま、俯き、歩き、雨に打たれ、なお歩く。数分もせぬうちにびしょ濡れと化し、お気に入りのワンピースが肌に張りつき、身体は冷え、水気を吸って重くなっていく。

なんて惨めなんだろうとつくづく思う。今の自分はまるで捨て猫だ。家から追い出され生きる術も持たず、誰の目に留まるでもなく道端で野垂れ死ぬのだろう。

孤独感に苛まれながら璃沙は目的なく歩を進めた。当てなどない。強いて言うならば目の向くまま足の向くまま。辿り着く場所がどこなのかさえ到着するまで分からなかった。

そうして歩き続ける事しばらく。到着した事にはたと気づき——璃沙はぼんやりと視線を巡らせた。

「ここ……おじさんの……」

最近見慣れたアパートの趣は間違いなく叔父の住処であった。電車でおよそ30分の距離。徒歩でよく来られたものだと今さらにして思った。

（でも今さら……どんな顔して……）

思い出すのは別れ際の光景。あの時自分は突き放すように別れを宣告した。きっと相手を傷つけたはずであり、おめおめと顔を出せる立場になかった。

——でも、おじさんなら、ひょっとして……。

そう思えてしまうのは、どこかで未練があるためか、それともただの甘えなのか。璃沙には分からない。疲れているのか頭が回らない。

雨脚はますます強くなり土砂降りの様相を呈してきた。今日は本当に運がない。こんな姿では、もうどこにも行けはしない。

だが。この不運続きは、ここに来て思わぬ展開をもたらした。

「——璃沙ちゃん？　どうしたんだいこんなところで⁉」

はっとなり顔をあげると前方に見知った人影があった。その人物は傘を差し、手には買い物袋を提げている。外出先で土砂降りにあい急いで戻ってきたところであるとは、璃沙には知る由もない事情だった。

璃沙は慌てて踵《きびす》を返そうとする。セックスの時とは種類の異なる惨めさを伴った羞恥が湧きあがる。

しかしその手は背後からしっかりと掴み取られた。

「どこへ行くんだいこんな雨の中！　傘も差さないでずぶ濡れじゃないか、早く部屋へ行こう、風邪ひいちゃうよ！」

「っ……ほっといてよ……」

「馬鹿な事言うもんじゃない。こんな璃沙ちゃん、ほっとけるわけないじゃないか」

その人物――叔父は珍しく語気を強め、姪のずぶ濡れの肩を抱き、アパートの自室へと連れていった。

※

――ワケ、聞かないの？

喉元まで出かかるその台詞を、飲みこんだのは、これで何度目だろうか。

叔父宅に招き入れられた璃沙は、ワイシャツに着替え、手渡されたホットココアを啜っていた。

「大丈夫かい？　寒くはないかい？」

訊ねてくる叔父に「平気」と返し、ベッドの上で膝を抱える。

どうして何も聞かないのだろうと思う。雨の中、傘も持たず身一つで突然訪れたのだ、何かあったと想像するに難くないはずだった。

聞かれないのは少しだけ癪に障ったが、聞かれたら聞かれたで話す気になれないのも事実だった。少しの苛立ちと安堵。矛盾している。話したくないのに聞いてほしいなどと。

寒くないのは本当だった。先ほどシャワーを浴びたおかげで身体はむしろ火照っている。気を利かせて部屋の温度をあげてもらっているためでもある。

しばらく経って落ち着いてくると、なんと言うべきか思案するようになってくる。礼を言わなければ。行く当てがない事を伝えなければ。お願いだから泊めてと言わなければ。口にすべきは存外多くある。

「……余計なコトばっかり……頼んでもいないのに……」

にもかかわらず、出てくる言葉は愚かな強がりのみである。

「今夜はずっと雨らしいからね。泊まっていくといいよ。おじさんは床で寝るからベッド使っていいからね」

「……カッコつけちゃって。恩着せがましいし、ウザい」

「ははは」

――何やってんだろ私……。素直に感謝出来ない自分がこの時ばかりは嫌になった。

理解する。紛う事なき変態ではあるが、叔父は悪辣ではない。少なくとも困っている姪を損得なく助けるくらいには善人だ。あれだけ無下に突き放されてなお助けるのだから間違いなかろう。

それがかえって申し訳なさを助長した。借りを作るのは性に合わず、それを引きずるのも面白くない。何よりも、礼の一つもなければ今度こそ見放されそうで怖かった。

心中を推し量るつもりで、恐る恐る様子を窺う。

と、叔父の視線が、どことなく泳いでいるのが見えた。

(あ……そっか。そういうコト……)

雨に濡れたため私服は脱ぎ、髪も下ろし、風呂あがりの火照った素肌にワイシャツ一枚となっている。男物のためサイズは大きく陰部が露出する事はないが、下着は着けておらず肌が透けて見え、裾から伸びる白い素足がひどくエロティックに見える。俗に言う裸ワイシャツという状態であり、行為の後の女の姿を連想させるものだった。

璃沙はなんとなく可笑しくなった。散々行為を強いておきながら今になって自制している。これが笑わずにいられるものか。

「――さっきからじろじろ見すぎ。誤魔化したって分かるんだから」

空のマグを床に置き、呆れた調子でずいっと覗きこむ。それとなく胸元を寄せて強調し、襟が開くよう意識しながら。

「ほら、じいっと胸見てるじゃん。鼻の下伸びててやらしー」

「あ、ははは、参ったなあ……」

「どうせまたヤリたくなったんでしょ。バレバレだってての」

下手な苦笑いも不思議と滑稽には見えなかった。根は不器用な男なのだ。そう思うと、少しだけ心が躍った。

「――じゃあ、しよっか」

「え？　な、何をだい？」

「セックス。したいんでしょ、ほら早く」

笑みをこらえるのは存外に難しかった。少し焦ってたじろぐ表情がなかなかに面白かった。これまでに反して相手から来られるのは不慣れであるに違いない。

「ほら、さっさとこっち来る。こんなに硬くしちゃってるくせに」

叔父をベッドに座らせ、その両足を左右に開くと、スラックスを大きく盛りあげる股間のテントが目に付く。

まだジッパーは下げず、掌だけでゆったりとなぞると、テントは緊張したかのように小さな震えを見せた。

「いいのかい璃沙ちゃん、さっきまであんなだったのに……」

「平気って言ったじゃん。もう、心配しすぎ」

どうやら体調を心配しての事だったらしい。

璃沙はだんだんと気分が乗ってくるのを感じた。今日だけは特別だ。自分から宿泊費を払うとしよう。そう思って――そう思える事が不思議で――なぜだか胸が高揚してくる。

あえてゆったりとテントを撫で擦り、これまでの仕返しも込めて焦らしてやる。貪欲な本性を表しテントの支柱が硬く尖るも、柔らかい掌全体を使って周囲のみ緩くまさぐってやる。

まさかの積極性に叔父は戸惑いを露わにした。璃沙は意識して笑みを隠し、冷めた表情で身体を擦り寄せる。

「どうしたの、さっきからだんまり決め込んじゃって。いつもは止めても聞かないクセに」

「いやぁ、なんて言うか、今日の璃沙ちゃんはいつもより色っぽくって……」

気恥ずかしさと後ろめたさで笑うしかないらしい叔父。

璃沙は首を伸ばし、キスを——拒んでいたはずのキスをした。

「んんっ？　り、璃沙ちゃん、キスは——んむ……」

なおも戸惑う叔父に向けて、吸うようにして唇を重ねる。

なぜかは分からないが。突然そうしたくなったのだ。彼氏への当てつけの意味もあったかもしれない。

同時に驚く。以前は嫌っていたはずのキスに、今はさほど嫌悪が湧かない。叔父の唇は世辞にも美味なものではない。少し臭くもある。だというのに奇妙に神経が高揚し、ますます気分が乗ってくる。

ひょっとすると、これがキスの興奮なのか。

初めて味わう不可思議な気分に身体は徐々に反応を示し、下腹がトクン、と密やかな脈を打った気がする。

啄むようなキスを繰り返し、右手でテントを撫で擦りながら、璃沙は我知らず「はぁ……」と艶のある吐息を漏らした。

「り、璃沙ちゃん、今の顔、すごく大人っぽかったよ……」

「おじさんはなんか子供っぽいかな。中年のクセしちゃって」

相手の興奮を快く思えたのはいつだったか。かなり以前の事に思う。最近は終ぞ味わえずにいた感覚だ。

知らず風呂あがりで火照った肌が再びうっすらと汗を浮かせ、薄い薔薇色に色づきつつあった。渇きにも似た甘い衝動が、身の内にじんわりと広がっている。

璃沙は意識して流し目を作り、擦り寄せた身体を下へとずらし、薄く透けた豊かな胸元を相手の脇腹や腰に当てていく。

それだけで小さく反応する様子がますますもって気分を盛りあげ、テントの前に口元を寄せ、前歯でジッパーをかぷっと食む。

そのままゆっくりとジッパーを下ろすとテントが興奮にぴくぴくと震えた。

（ふふ、すっごく立ってる。やらしーおちんちん、もうバキバキじゃん）

叔父は未だ戸惑っていたが、それでも気分が乗ってきたらしく「おほぉ……」と欲情の笑みを作っている。普段と異なるシチュエーションに昂りつつある証拠だ。

璃沙はジッパーを下げ終えてから、叔父の両足の間に座り、その肉棒を外へと解放してやる。

「女子高生相手にこんなに勃起して。サイテー。バレたら警察モンよ」

そう言いつつ口端には小さく笑みが浮いていた。初めての事だ。この男相手に笑みが零れたのは。こんな気分になった事も。

今日は特別なんだから――璃沙はそう囁き、大きく口を開け、彼氏より何倍も立派なペニスを、ゆっくりと飲みこんでいった。

「おお璃沙ちゃん、自分からお口でしてくれるなんて。今日はなんて積極的なんだ……！」

この数日で再び溜まったのか、叔父はすぐさま気持ち良さげに低く呻いた。サオが一際径を増し、浮いた血管をびくりと脈打たせる。

その血管にも舌先が伸び、ちろちろとくすぐるようにしながら、唇が鎌首をねっとりとしごきあげていく。

――じゅぷっ、じゅぷっ、じゅぷっ、じゅぷっ……。

長い髪を耳にかけながら璃沙は丁寧に首を振った。叔父のペニスは相変わらず大きくサオまで飲みこむのは困難である。においもきつくごつごつとして初めは本当に嫌だった。しかし今回は特別なのだ、たっぷり楽しませてやらねばと思う。念入りに恥垢を落とす心地で隅々にまで舌を這わせ、濡れた唇で優しく優しくしごいていく。

「そう、いいよ璃沙ちゃん、上手……裏のとこもお願いしようかな……」

興奮と感度が結びつくのは男であっても同じに違いなく、舐められるうちに戸惑いが失せ、欲望が徐々に表面化してくる。

叔父が腰を浮かせたのを知り、璃沙は注文通りにしてやった。カリをすっぽりと口内に収め、びんと張った立派な傘裏に舌を絡め、ぬるぬると這わす。

ここが弱いのか叔父は「おおっ」とまた呻く。ならばと思い舌を絡めたまま傘裏からサオまでを唇でしごくと、浮いた血管が明らかに脈動し強い官能を露わにした。

「ああ璃沙ちゃんいいよ、おじさんいつもより何倍も感じちゃうよ……！」

「じゅるっじゅるっずずっ——ふふ、おっさんが感じちゃうとか言うのキモい。早くしてよね、面倒なんだから」

一度離してそう言って笑い、再びぱっくりとカリを頬張り熱心に急所を刺激してやる。徐々に首振るペースをあげて舌と唇で小刻みにしごいてやる。

叔父はなおのこと気持ち良さげに小さく腰をスライドさせ始める。喉にカリ先が当たって痛い。だが離さない。やめない。もっともっと感じさせたくて首を傾け刺激に変化を加えてやる。

同時に舌を捻じるようにして傘裏に這わせた。裏筋が男の急所である事は女友達から聞いている。筋張って浮き出る境目の部分を舌の腹で執拗にねぶり、あえて淫戯を見せつけるように流し目を作って男を見上げた。

より一層の興奮を呼んだのか叔父の表情から余裕が失せる。こちらの頭を軽く掴み、小さく息を切らしつつある。鈴口からはカウパーが溢れ尿道の膨張を伝えてきた。

(おじさん、イキそうなんだ……私も……アソコ、が……!)

不意に意識がそちらに向くと、秘芯が熱を帯びているのがはっきりと分かった。ワイシャツに隠れた太腿の付け根には、むず痒さに似た甘い疼きがじくじくと息づいている。濡れてきてしまっているに違いなく、そのうち太腿に垂れてくるだろう。

その感覚は恥ずかしかったが、同時にどこか切なくもあった。訪れるであろう官能に期待してしまっているように感じた。

——じゅぶっじゅぶっジュブッジュブッずずっずずっズズッズズッ!

己が劣情を誤魔化すかのごとく璃沙は夢中でペニスをしゃぶった。どうせ一度で済むはずがない、この後たっぷり相手させられるのだ、自らに言い訳をする心地で疼きを溜めつつ首を振る。サオの根元を握ってしごく。

「はぁはぁ、いいよ璃沙ちゃん、おじさんもう……そろそろだよ……！」

叔父が軽く仰け反るのを見て舌の動きはさらに加速する。這いずる動きから締め上げる動作に変わり、ぎゅうっと搾って柔く圧迫する。唇の動きはなお速くなり、傘から傘裏、サオまでの間を大きく行き来し唾液を塗り重ねる。隙間から溢れた唾液の塊が白く泡立ち粘っこい音を立て、その淫らな音色が両者をより深く興奮の渦へと引きこむ。

気づけば指が陰部に忍びこみ、それとなくさすって刺激していた。濡れた感触が指に伝わり発情している我が身を思い知る。男に強く抱かれる事を、射精される事を望んでいる。

――私、おじさんのおちんちん、嫌いじゃなくなっちゃった――。

そう思った次の瞬間、自分がまた一つ変わった気がした。下腹の奥にきゅんとしたものを覚え、意識に快い靄がかかる。

「で、出るよ、璃沙ちゃん……！」

そしてその一拍の後、口内のカリがぐっと膨らんでぶるると痙攣し、

「んゞんッ!?　ングッゞんゞんゞん～～っ！」

――びゅぶっびゅぶっどぷっどぷっどぷっぷぷぷっ！

睾丸がせり上がり、間を置かず精液が一気に口内へと噴出した。

（に、苦い……マジ、臭いっ……量も多すぎるしマジサイテーッ……！）

胸中で罵倒しながら、しかし璃沙は、一心に精液を飲み下していった。

今さらな話だが決して美味な代物ではない。商売でもなければ好んで飲む女などいまい。においも強く吐き気すら催す。

だがどうしてか、そこに興奮を得てしまうのが不思議だった。こんな真似をやらされる自分。進んでやる自分。どちらも心に響くものがあり快楽物質がオーバーフローする。

「ん゛ん゛んグッ～～はあっはあっ……！」

どうにもすべては飲みきれず、唇を離せば残滓がぼたぼたと顔に降りかかる。顔中、とまではいかないにしても、口周りや頬が白濁でべったりと汚れてしまう。

あがった息を整えながら、璃沙は恨めしそうに、こびりついた精液を指で拭い取る。

「……マジ、サイテー。シャワー浴びたばっかなのに」

「ごめんよ璃沙ちゃん。璃沙ちゃんがあんまり積極的だもんだから、おじさんもつい」

「ふん。もういい、どーせまだしろってうるさいんだから――ハ、クシュンッ！」

と、璃沙がそっぽを向いた時だった。急に鼻がむず痒くなり、一つ小さなくしゃみが出た。

「あ、あれ、何よいきなり……？」

「無理をしちゃいけないよ璃沙ちゃん、本当はまだ冷えてたんじゃないのかい？」

「そんなワケ……ない、と思うケド……」

「あんなに雨に打たれてたんだ、あったかくしないと本当に風邪ひいちゃうよ」

ある意味身体は温まっていたのだが、同類とするにはさすがに無理があるだろう。

どうあれ叔父は、これ以上続ける気はないらしい。

不器用ながらも急いで汚れを取り、シーツを取り替え、姪をベッドに押しこむ。

「もう寝るんだ、熱が出るようなら明日の朝病院に連れてってあげるからね」

心配しすぎだと言いたかったが、温かいベッドに横になると間もなく眠気が襲ってきた。思えば長いこと歩いたのだ、疲労はあって当然だった。

「言っとくけど、また寝込み襲ったらキレるからね」

一応念を押し瞼を下ろす。まだ少しにおうがどうにか眠れそうである。火照りも徐々に収まっていき、眠気と混ざって快い余韻と化していく。

睡魔に屈し意識を手放す直前。璃沙は、ああ、と思った。

結局お礼、言えなかった、と。

※

恐らく心に傷を負ったのだろう。

眠りについた姪の寝顔を見て、男は漠然とそう思った。

行き過ぎた行為を何度もしたが、大事な姪の不幸な姿など、当たり前だが見たくはない。

そうとも。この愛らしい少女を手元に置きたくはあれど、傷つける真似など論外だ。

この子がそれを望むのならばと大人しく別離を受け入れはしたが、再び戻ってきた彼女の姿を見て、歓喜を覚えたのは言うまでもない。

やはり気になってしまう。ずるずると続くのを危険とする反面、手元に置きたいと願ってしまう。

姪は何に傷ついたのか。今、自分に何が出来るのか。分からない。自分はあまり賢くない。賢くないからこんな場所で独り身でいる。

自分の不器用さと想像力のなさを、この時ばかりは恨めしく思うのだった。

# 六章　Foolish man（心地良い場所）

「璃沙、今日はきちんと塾に行ってき――」

「行った。いちいちうるさい」

帰宅早々かけられた言葉は相も変わらず口やかましいものであった。

こっちの身にもなってほしい――話す気にもなれず、母を置き去りに二階の自室へ籠る。

雨の日の家出騒ぎから数日。叔父宅にて一時の安息を得たとはいえ、その後の気分はずっとささくれ立ったままである。親があまりにうるさく言うので渋々塾へと足を運ぶも、結局のところ勉強は手につかず持て余している状態だった。

原因は何か。分かっている。浮気された事が密かにこたえているのだ。その程度で狼狽える女だと今回の件で初めて知った。

（軽い気持ちで付き合ってたけど……マジ苛つく。こんな気分になるとか……）

確たる証拠を得たわけではないが浮気の可能性は濃厚となりつつある。知人の話では、サッカー部の女子マネージャーと親密に見えるとの事であり、容姿を訊ねた結果、こちらの情報とぴたり一致した。

璃沙自身、新しく好きな異性が現れれば乗り換えていいと考えていた。どろどろするよりはさっぱりとした大人な関係でいればいい。多少の目移りは仕方ない。現に自分も身体だけとはいえ別の男と関係を持ったのだから。そのように考えていた。

だが実際に当事者となると思いの外動揺してしまう自分に気づく。大人しい性格でない事くらいは自覚があるので即怒鳴りこむ程度はやると思っていたのだが、それすら出来ずにいる自分にも歯痒くて仕方ない。

詰まるところ、自分は思ったほど強くはなかったという事だ。

それを知ったがゆえにこそ余計に気分はささくれ立つのだが、両親に話す気になどなれず関係は地道に悪化の一途を辿り、遊びに行く気にもなれぬまま鬱屈した日々を過ごしていた。

（おじさん、どうしてるかな。あれからまだお礼言えてないし……）

ふと思い浮かぶのは叔父の顔だった。思えばあの日が最後に得た平穏だった気がする。温かいシャワーを浴び甘いココアを飲み、叔父のにおいの沁みつくベッドでゆっくりと熟睡する。あの時間だけは別世界にいる気分となり嫌な現実を忘却出来ていた。

あの日叔父は、最後まで求めてくる事はなかった。とんだ変態だが自制心はあるのだと知った。自制させた事が、かえって申し訳なさを助長した。

そこまで考えて、自分に叔父を慮る意思があった事に、また驚く。あんな男に遠慮する必要などない、好漢などとは世辞にも言えぬし散々いい目を見させてやったのだから文句など言わせるものか、本心からそう思うも、なぜだか嫌悪感が湧かずにいるのは事実であった。

さりとて今一度訪ねる気になるかといえば、それは否だった。

あの日味わった不思議な高揚感と居心地の良さ。あれを今また味わったら、その時こそ何かが変わってしまいそうで――少し怖いから。次に味わったが最後、今度こそ抜け出せなくなるという予感があった。

しかし、そんな思惟を運命は嘲笑うとでもいうのか。

耳慣れた着信音が机に向かう璃沙の耳を打った。

相手は叔父の逸だった。

※

「――で、何？　大事な話って」

叔父宅に着いて早々、璃沙はつっけんどんに口火を切った。

出来れば今は会いたくなかった。決して嫌っているわけではない。それだけは分かっていた。顔を見て安堵を覚えている事も不承不承ながら認めていた。

呼ばれたのは、何かを見せたいからとの事だった。内容は聞かされておらず、璃沙はいささか不安を覚えていた。

叔父の表情にも珍しく硬い雰囲気がある。果たして何を見せようというのか。

「ちょっと覚悟して見てほしいんだ。あんまり面白くないものだからね」

ハンディカメラと接続してあったデスクトップPCの画面が立ちあがる。

仕事にも使われる高性能機器は5秒と待たず起動を完了し、とある録画映像をモニタに映し出し——。

「ちょ、何これ……明宏、と……!?」

璃沙は目を剥き、食い入るように画面を凝視する。

映し出されたのは彼氏と件の少女であった。こっそり後をつけたのだろうか。少女が彼氏宅を訪ね共に外出するところから始まり、街をぶらつき、食事を摂り、映画を見、そして——少女の支払いでホテルへ入る場面までが、克明に記録されていた。

絶句する。わなわなと震えがくる。猛烈な怒りとやるせなさが急速に込みあげてくるのが分かる。

「これ、おじさんが？　ストーカーじゃない！　マジ犯罪じゃん、サイテーっ！」

分かっている。この怒りの矛先が向くのは、叔父ではなく、彼氏とこの女なのだ。

それでも怒鳴らずにはいられなかった。頼んでもいないのに恋人の浮気現場を押さえ、動かぬ証拠を突き付けられる——これはある種の拷問と言えるではないか。

(分かってたけど、分かってたけど、はっきり見せられちゃうと、私っ……！)

映画館の辺りからすでに様子は怪しかった。明宏はしきりに少女に触れ、少女も嫌がる素振りを見せない。館内でキスをしていると思しき場面まで遠目ではあるが映っていた。挙句に腕を組んでホテルへ入るなど、誰に問うても冤罪とは言わないだろう。

「同じサッカー部のマネージャーだそうだね、この子」

叔父はひどく平坦な声で、そう切り出してきた。光の加減か眼鏡の奥の瞳が見えず、不気味な輝きを放つレンズが危険な雰囲気を漂わせていた。

「苦労して調べたよ。志水明宏、璃沙ちゃんの一こ上でサッカー部所属。今年受験で第一志望はS大、璃沙ちゃんとの交際は去年の秋頃から」

短期間でよくもそこまで調べられたものだが、叔父は特に誇るでもなく続けてくる。

「マネージャーと付き合い始めたのはつい最近みたいだね。彼女から交際を申し込んだって話だけど、そうじゃないって噂もあったし、その辺りは調べきれなかったよ」

滔々と話すその口が、不意に歪んで陰湿なものとなった。

「浮気した事を白状させてやろうと思ってね。これを見せればもう言い訳なんて効かない。大事な姪を傷つけたんだ、大いに反省させて土下座でもさせてやりたくてね」

「余計な事しないでよ！　だからって盗撮とか――バカじゃないの!?」

居たたまれない心地で璃沙は叫んだ。証拠を掴んだからといって相手が素直に謝るとでも思うのか。開き直って罵倒されるか犯罪だと言い返されるのがオチだ。よしんばそうならなかったとしても、関係修復は確実に不可能となるだろう。

何よりも、こうまでして謝罪を求めるなど、あまりに未練がましく逆に惨めと思われるだけだ。知らず涙が浮く事に気づき、情けなくなって顔を俯かせる。

「彼氏の事はほっといてって言ったじゃん！　私の事からかってるワケ……？」

「り、璃沙ちゃん……ごめんよ、そんなつもりはないんだ。こんなやつと付き合うのはやめた方がいいって言いたくて、ただそれだけで……」

涙を見て動揺したのか、叔父は久々に本気で慌てた表情を浮かべた。

「璃沙ちゃんが……心配だったんだよ。あんな璃沙ちゃん見るの初めてだし、ずっと嫌がってたのに自分からしてくるなんて、こりゃあただ事じゃないと思って……」

姪の涙が余程こたえたらしい。饒舌すぎるほどに叔父は次々と真意を語りだした。

「可愛い姪がヤリチン男に弄ばれてると思って……ほら、彼氏君はモテるみたいだし、璃沙ちゃんとも本気じゃないのかもってね。目を覚まさせてやるには証拠を突き付けるのが一番だと思ったんだよ……」

自らの所業を棚にあげて、よくもまあ言えたものだと璃沙は思った。弄ぶという意味では、むしろ同等かそれ以上の所業を行った身であろうにと。

「……おじさんがそれ、言う？　初っ端から無理やり女の子犯しといて」

「ははは、そう言われるときついなあ……」

「……そもそもなんであんなコトしたワケ？　今でも意味分かんないし」

この際だから聞いておこうと璃沙は率直に訊ねた。欲求不満と出来心は分かる。だが強気に出たと思いきや一転して気を使ったり、脅す事も出来ただろうに別れ話を大人しく受け入れたりと、ちぐはぐな点が多かったのも否めなかった。

「…………やっぱり、可愛い姪、だからかなぁ……」

「可愛い姪だから……犯しちゃったって？」

「それもあるし……嬉しかった、っていうのもあるだろうねぇ……」

「はぁ？」と璃沙が怪訝な顔をすると、叔父はどこか諦めた様子で苦笑を交えつつ語り始めた。

曰く——独身の生活はやはり寂しく、家庭持つ弟を密かに羨んでいたという。在宅勤務の多い日常に出会いや結婚は期待出来ず、刺激のなさや無気力感を常に感じていたとも語った。

そんな折に突然現れたのが姪である璃沙だったという。かつて実家で同居していた頃、まだ幼かった姪は自分に懐いてくれていた。明るく我がままで甘えん坊な姪と触れあう時間だけが、疎外感に沈みゆく心に活気を与えてくれていた。その姪が数年を経てなお頼ってくれた事実に、純粋に喜びを覚えたのだそうだ。

久々の再会で内心舞い上がってしまった彼は、接し方すら迷う中で姪の成長を強く意識した。あの頃とは違う女らしい姿、造形美、それらを意識するうちに不埒な感情が沸々と湧きあがり、無防備な姿を目の当たりにすると、やがて——。

「駄目だと思いながら、ちょっとだけ、寝てる隙にパンツだけでも……そう思ってたら、ついつい歯止めが……というのが、正直なところかなぁ」

ひと通り話し終えた叔父は、肩の荷が降りたかのように、どこかほっとして見えた。口調も鈍かった事から、案外、話すに迷いがあったのかもしれない。

しばし黙して聞いていた璃沙は、呆れた様子で——実際に呆れて——息を吐いた。なんの事はない。別段驚くに値しない内容だ。孤独と性欲、親愛と情愛、偏執と欲望、どこにでもあるものが折り重なって現れただけ。恋愛の一つもすれば、誰もが目にするであろう要素ばかりだ。

ゆえにこそ怒りは湧かなかった。ともすれば笑ってしまいそうだった。こんな男でも人並の感性を持っていた、それが分かって不思議とほっとした。

（バカみたい。結局私のコト——そういう目で見てた、ってだけじゃん……）

別れを承諾したのは保護者的な意識ゆえか。もしくは大人としての些細なプライドか。なんにせよ、馬鹿馬鹿しい話である。

悪戯を白状し親の反応に怯えるような、目に見えて消沈している中年男の姿を見ていると、奇妙に溜飲が下がる思いがする。璃沙は言った。

「ねえ。今日も――泊めてよ」

慣れた調子でベッドに座り、気だるげに伸びをしつつ、気負わずに告げる。

「勉強ほっぽって出てきちゃったから親、超不機嫌だし。帰ったらまた根掘り葉掘り聞かれるし、うっさいし塾行けってしつこいし」

言い訳じみて聞こえるのは恐らく自分だけだろう。目の前の男はそこまで察しのいい人物ではない。

目を瞬かせほけっとしている表情が、なかなかどうして面白かった。

※

その日の夜は、以前にも増して穏やかであった。

特段変わった出来事もなく、夕食を済ませ風呂をいただき、叔父が仕事を終えるのを待ってから灯りを消し、就寝する。

あの雨の日もそうだったが、ここでの体験を知る者が見ればむしろ奇妙に思う事だろう。

実を言えば、璃沙自身がそうであった。奇妙というのは少し違う。忘れていた日課を寝る直前に思い出した、そんな気分に似ていた。

(ヘンなの。以前だったら嫌って言っても聞かなかったクセに)

叔父に背を向ける形でごろんと横を向く。自分はベッド、叔父は床、すっかり馴染んだ二人の定位置。何事もない事のみが常と異なって違和を持たせる。

本気でこのまま寝てしまう気か——そう訝った矢先の事だった。

（あれ、起きてる？　後ろではあはあって、まさか……）

女としての直感か、背後に強い視線を感じる。誰かがそっとこちらを窺い、じっと息を潜めている。潜めてはいるが鼻息が漏れて、かえって不気味な音を立てている。

そちらを向かぬまま注意をやると、腰の辺りをもぞもぞと動かしているのが知れた。手を伸ばそうか否か迷っていると思しき素振りも。

ははあ、と璃沙は得心する。いかに体裁を取り繕おうとも人の本質が易々と変わるはずはないのだ。

今の格好は以前と同じく男モノのワイシャツ姿だ。夏場に合うのと楽な点からここでの寝間着代わりとしている。さすがに下着は上下共にきちんと着けているが。

思えばこの姿となってから叔父の視線は泳いでいた。傍目からは裸ワイシャツにも見える格好だ、体調も良い事だし以前の続きをと考えていたやもしれない。

だったら素直に言えばいいのに。そう思った璃沙は、あえて無視し寝たふりを決め込んでやる。

さてどう出るか……少しどきどきしながら待つこと数分。

何を思ったか、叔父は立ちあがり手を出す事なくその場を去っていく。

これには少々意表を突かれ、璃沙も身を起こし、足音を忍ばせ後を追う。

行き先はすぐに知れた。叔父はドアを開け個室に入り、ロクに閉めもせぬまま慌ただしくスウェットパンツを下ろし始めた。

「はぁ、はぁ、ああ璃沙ちゃん……」

果たして叔父は、便座に向けて肉棒を取り出し、自らの手でしごき始めた。

璃沙は心底呆れた。気を使った挙句かは知らないが、結局は我慢出来ずこうして自慰で済まそうというのだ。

しかも手に持ったスマートフォンには自分、つまり璃沙の姿が映っている。以前撮影した痴態である事は、ちらと背後から覗き見るだけで容易に知れた。

「………なにしてんの、まったく」

「うわっ、り、璃沙ちゃん!? はは、お、起こしちゃったかな……」

「あんなモゾモゾされたら気づくに決まってるっての」

深々とため息をつき乱暴に携帯をむしり取る。こんなものをオカズにしようとはいい根性だと呆れを通り越し半ば感心した。

「マジらしくないし。っていうか、女目の前にしてオナったりするフツー?」

「いやあ、今日はそっとしておいてあげた方がいいかな、と……」

「余計なお世話、傷ついてなんかないし。っていうか、こっちの方がムカつくんだけど」

携帯を後ろにひょいと放り捨て、一歩踏み出しにじり寄る。性器剥き出しでぽかんとする叔父。璃沙は小さくはにかみながら、ワイシャツのボタンを上から一つ、また一つとゆっくり外す。

「……いいよ。またしたいんでしょ?」

露わになっていく胸の谷間を叔父が凝視するのを知りながら。

「あんなの見てるより……こっちの方が、ずっと気持ちいいじゃん」

自分で聞いて驚くほどの、猫なで声で囁いていた。

※

「はぁ、はぁ、あ、ああ゛あ゛あっ……!」

それからわずか数分後。璃沙は早くも官能に喘ぐ事となっていた。

誘惑しその気にさせ、便座に座って足を開き、しゃがみ込む男にクンニをされる。

自らの行動に内心驚きながら、淫唇を這う感触に細かく尻を震わせる。

「じゅるっじゅるじゅるっ——はあ、どうだい璃沙ちゃん、気持ちいいかい?」

「はぁ、はぁ、何、余裕ぶってんのよ……ムカつくんだけど……」

上から見下ろし睨むものの、負け惜しみに聞こえるのは多分、気のせいではない。

さすがと言うべきか、一度歯止めを失った叔父は大胆のひと言に尽きた。まるで飢えた野犬のごとく若い女体を貪ってくる。

「じゅるるっ、はあ美味しいよ璃沙ちゃんのオマ◯コ、何度舐めてもちっとも飽きないよ」

長らく我慢を強いられたのも激しくさせる要因に違いない。初日と同様、いやそれ以上に一心不乱に淫唇を舐め啜ってくる。

璃沙は羞恥に身を焦がしながら官能の昂りを感じていた。なぜなのだろう。今日はいやに恥ずかしく思える。これまで幾度も身体を許してきたというのに。

「はぁ、あぁっ、いやらしい音立てないでったらぁ、隣に、ああっ、聞こえちゃうじゃないぃ……！」

憎まれ口を間に挟みつつ、悩ましい声をあげ、自らも刺激を甘受する。

そうなのだ。自分は今、進んで行為を受け入れている。せっかく相手が要求せずにいたというのに自ら誘って行為に及んだのだ。

思えばその時から胸の高鳴りを覚えていた。少し緊張し、気恥ずかしく、身体が微かに疼いていた。どうして今日はしないのよ、と恨み言めいた感情を抱いていた。

ゆえにだろうか、妙に神経が過敏になっていた。バージンを失った時のように、感覚が尖って刺激に弱く、ちょっとした事で反応してしまう。

それでなくとも叔父とて大いに疼いていたのだ、舌と唇の動きは激しく執拗なほどに粘膜を舐め、過敏となった性神経に快楽電流を送りつけてくる。

「あぁぁ、あ、゛あぁっ……そんなに足、開かないでよ……は、恥ずかしっ……゛ああっ……！」

足首にショーツを絡ませた素足がぴくぴくと小さく痙攣を始めた。派手な開脚は、まるで幼子のおしめ交替を思わせる。ワイシャツ姿の女がこれでは淫靡さも相当なものだろう。そんな姿を意識するからこそ羞恥はいや増し不埒な興奮が襲ってくる。

「璃沙ちゃん、今日はとってもよく濡れるねえ。おじさん口がもうべたべただよ」

間延びした顔に浮かぶ笑みは、とうに見慣れた欲望に支配されたものだ。この顔に何度腹を立ててきたか知れない。

しかし今はさしたる憤りはない。むしろ、ようやくらしくなったと思う。そこに安堵を得てしまう自分が少しばかり恨めしい。

「は、早く、したいんでしょ？　だったらすれば……いいじゃない……」

「まだまだ、お楽しみはこれからだよ」

こうなると、もうこの男を止める術はない。嫌だと言ってもなし崩し的に押し切られてしまうのである。

叔父はひとしきりクンニをしてから、便座の上で四つん這いになるよう求めてきた。

「今度は何よ」と不貞腐れた顔で、璃沙は大人しく要求に従う。

（やだ、この格好、結構恥ずかしい……お尻完全に突き出してるじゃん……）

狭い便座での四つん這いは思いの外窮屈であった。両膝を乗せ上半身を水平にすると、臀部をぐっと背後に押し出す形となる。その分、恥部が大胆にアピールされ、自分からは見えない点も羞恥心をより強くしていた。

目が届かぬ不安からか下腹部の感度はなお高くなり、外の空気に触れる膣口がひくっ、と恥ずかしげに蠢いてしまう。それが自分でも分かる。分かるからこそ胸は高鳴り頬が熱を持ってくる。

叔父は笑みを含んだ声で「とってもいやらしいよ璃沙ちゃん」と告げた。余裕を感じさせる普段の口調が悔しくもあり期待させもする。

「お尻の孔まで丸見えだよ。今日はこっちも一緒に舐めようかなぁ」

「え、ちょ、嘘でしょそんなトコ……？」

思わず耳を疑ったが、そんな嘘を言う男でない事は嫌というほど分かっている。手を回して隠そうとするも、それを許す男でもない。

あっと思った次の瞬間には、無防備な肛門に舌が這わされ、べろべろと舐めしゃぶられていた。

「ひゃあっ、ちょっ、汚い、そんなトコっ――や、あああ゛あ゛あッ、やめてよ変態ッ、んうん゛んッ……！」

舌の動きに躊躇などはなく、排泄孔だろうとお構いなしに夢中になって這ってくる。周辺を舐めたかと思いきや、中心を舌先でぐりぐりと抉り。舌の腹肉が上下に往復し、唇がぢゅっ！　と鋭く吸いつき。割れ目に沿って鼻先が擦れ、また肛門に舌を這わせ。

まったくもって下品な愛撫に、しかし璃沙は尻たぶを震わせ、肛門をひゅくひゅくと痙攣させた。

（ぞくぞくする、ヘンな感じが背中あがってきて、頭、ふわふわしちゃうっ……！）

彼氏相手にも無論、触らせた事はない。ここはある意味で性器以上の恥部なのだ。性を知らぬ子供ですら見られて平気な者はいまい。

その恥部から今、信じ難い興奮と官能が脳天へ向けてせり上がってくる。恥ずかしい、見られたくない、そう思う心が強ければ強いほど、感度は高まり寒気に似た恍惚が走る。

璃沙は自分がどうなっているのか分からなくなりつつあった。身体は火照り汗が浮く、されどぞくぞくと寒気も覚え感覚が狂ってくる。不快なのか、快感なのか、それすら判然としなくなり、自らが漏らす吐息の音がノイズとなって耳元で反響する。

もう無理。お願い。許して。初めて味わう感覚の中、そう懇願した気がする。口にしたかはよく分からない。ただ、怖いくらい敏感になり震えが止まらないのだけは分かった。

「くちゅくちゅぢゅるるっ――璃沙ちゃんはお尻の孔も可愛いねえ、ちょっと苦みがあって最高だ」

「はあはあ、へ、ヘンなコト言わないでよぉ、変態ッ、バカ、キモいぃっ……！」

目の前のタンクにすがりつきながら璃沙は涙声で罵る。目尻に雫が浮いているのさえ今はとても気にしていられない。

だが、それで許してくれるようならば毎日喘がされたりはしない。

こうまでこの男に嵌まりはしない。

叔父はいつものように何食わぬ顔で笑うと、再びクンニに戻り淫唇をびちゃびちゃと舐め始めた。

もちろん璃沙は十分に感じたが、これだけで済ませるほど彼は甘くなかった。クンニを続ける傍ら、人差し指をアナルに挿しこみぐりぐりと中をほじってきたのだ。

「やっ゛あ゛あ゛あ゛あ゛ん゛ん゛んッ!? うそ、やめてッ、゛あ゛あお尻壊れちゃう、感じッ、ひき゛い゛いッ！」

入念に解された肛門粘膜はいともあっさりと指を受け入れ、筒状となった複雑な中身をぎゅうっと狭め異物を食い締める。唾液に混じって腸液が溢れ、指を濡らし独特のにおいを個室に放った。

その反応を確かめるように指は小さく浅瀬を往復した。排泄用の粘膜が擦られ、異物感が出入りを繰り返し、経験した事があるようなないような不可解な感覚が尾てい骨を走る。悪寒にも似たその感覚は再び全身の自由を奪い、何が何だか分からぬままに手足を震わせ肌を内側から熱くしていく。

同時に膣口には官能が迸り、肛門への刺激と相まって異様に熱く昂った。先と変わらぬ愛撫のはずが受け取る官能は何倍にも増幅し、絶え間なく生まれる愉悦の電流が指の先まで広がってくる。

正直、怖い。アナルもヴァギナもクリトリスと化したかに思え、感じすぎてショートしそうだ。もう不快などどこにもない、あるのは荒々しい愉悦ばかり。ごっちゃになった感覚はすべて快楽として認識され、まとめられ、膣壁と腸壁を大きく淫らに蠢かせていく。

「はあはあひ゛い゛い、ひ゛い゛いッ――――ぁ…………！」

が、刺激が斬新すぎたのだろうか。

知らずくねらせていた背筋と腰を、璃沙は不意に緊張させた。

「だ、だめ、私――漏れ、ちゃうッ……！」

「じゅるじゅるぢゅるっ――ん、何がだい璃沙ちゃん？」

「だから、おっ――おし、っこ……！」

予想だにしなかった自身の変調に困惑し頬が紅潮する。

元から尿意はあったかもしれないが、快感で尿道が緩んできたせいだろう。女性の尿道は男のそれよりずっと短い。緩めばこうなるのは当然の事だった。

幸か不幸か真下には開け放たれた便器がある。ショーツも片足で丸まっている今、準備はほぼ不要と言ってよい。

あとは叔父が出ていってくれればいいだけ――なのだが、それをしないのがこの変態男であった。

「おしっこ出そうなんだね？　いいとも、さあ、遠慮なくしなさい」

それを聞いて璃沙は頬を引きつらせた。あろうことか、彼は自分の目の前で放尿しろと言うのだ。

「じょ、冗談でしょ、無理よ無理、だめだから……！」

「大丈夫、璃沙ちゃんとおじさんの仲じゃないか。さあ、ここに遠慮なくしていいよ」

「ここって、ちょ、嘘、でしょッ……!?」

それだけでは飽き足らず、陰部の真下で両手を構え、受け止める体勢まで作ってみせる。

まったくもって信じられない。目の前で女に放尿させ、それを手で受け取ろうなどと。余程の偏執趣味でない限り到底共感など出来ないだろう。

この男の異常性を改めて思い知る。だが事態は切迫していた。腰がくねるほどの快感によって骨盤底筋は半ば弛緩してしまっており、我慢出来るのもあと1分とない状況だった。

だからといって無論、素直に出せはしない。これほどの羞恥は類を見ない。屈辱的と言っていいほどだ。

「お願い、ゆ、許して、ほかにいろいろしてあげるから……！」

璃沙は尿意に震えながら懇願した。もはや限界でプライドを気にする余裕もない。頭を下げてでも許してほしかった。

「おねが、い……もう、だめぇぇ……！」

「さあ璃沙ちゃん、我慢しないでおじさんの手にいっぱい出して」

事ここに至り、叔父は期待に目を輝かせた。待ち望む表情はまるで好奇心溢れる子供で、それがかえって背徳感を助長した。

「はあ、は――も――む、りぃぃ……！」

「おお、アンモニアのにおいが濃くなってきた。さあ璃沙ちゃん、おじさんがしーしーさせてあげるからね」

「はあはあ、え、ちょ、何ッ、きゃはあんっ!?」

――ちゅうっ、ずるずるずるっ！

叔父は構えを解かぬまま、目の前でヒクつく淫唇に舌を突き刺し一気に啜った。

璃沙は堪らず甲高い声をあげ身震いした。とうに限界の見えた尿口に突然の快感は酷すぎる。今にも決壊しそうだったものが最後の門を外されてしまい、ついに——

「ッッ〜〜〜む、むりぃ、もおだめぇぇ……！」

——ピシャアアアアアア……！

蜜で濡れた尿口の奥から、景気良い音と共に金色の細い滝が迸った。

「おおすごい、璃沙ちゃんの黄金水！」

真下に構えた両の掌が見る間にいっぱいとなり、ぼたぼたと液が溢れ落ちていく。下が便器なのは幸いだった。耐えに耐えた放尿は勢い良く、すべてを出し切るまで収まりそうにない。場所が異なれば後始末が大変だったろう。

「はあはあッ、ば——バカぁ、サイテーっ……ここまで変態だなんてぇ……！」

嬉々として尿を受け止める叔父を璃沙はあらん限りの力で罵倒した。解放感でへなへなと脱力し声はあまりに弱々しいが、それでも罵ってやった。

（おじさんの前でおしっこ……しちゃった……頭さっきよりふわふわする、力、ぜんぜん入んない……まっ白になっちゃう……）

己の中の価値観が、また一つ変わっていくのが分かる。変えられていく、この人に。嫌な事など何もかも忘れ、心が生まれ変わっていく気分だ。

こんな自分を見せられる相手は、受け入れてくれる相手は、きっとこの人だけだろう。なんとはなしに、ふとそう思う。

それを証明するかのごとく、叔父は液体の溜まった掌を口元に運び、ぐいっと傾けた。

「ちょ、ちょっと、なにしてんの、やだ、やめてよぉ……！」

なんと彼は、一切の躊躇なく湯気の立つ尿を飲み干してみせた。がぶがぶと勢い良く、美味いビールでも呷るかのように。

「はあ、とっても美味しい……璃沙ちゃんのおしっこは最高だよ！」

「さ、サイテー、どんだけ変態なのよぉ……！」

ここまでくると罵倒する気にすらなれはしない。いつの世も変人は絶えないが、この男は間違いなくそちら側だ。飲尿プレイを躊躇なく行いそれで満足げに笑えるなど、世間に知れたら確実に信用を損なうだろう。

「はぁぁ……璃沙ちゃん、おじさんももう、限界だよ……！」

——だというのに、なぜだろうか。嫌いになれない。拒む気になれない。救い難い変態中年が勃起剥き出しで迫ってくるのに、自らそちらを向いてしまう。自分から陰部を曝け出してしまう。

「はぁ、はぁ……やっと入れる、の？　ずっとしたかったクセに……」

「そうだよ、璃沙ちゃんのオマ○コが忘れられなくって毎日オナニーしてたんだよ」

下品と言える笑みを浮かべて叔父が白い歯を見せる。五指を蠢かせ肉棒を一つびくりと脈打たせる。

璃沙は無自覚にクスッ、と小さく笑った。彼氏とは違う。この人が見てたのは、したかったのはずっと私だけ。だからムカつくけどまあいいやと思う。

「ほら、ここに……私のオマ○コに入りたかったんでしょ？　くっさいデカチンずぼずぼしたいんでしょ？」

便座に尻を乗せ足を開き、シャツのボタンを全部外して前を見やすいようにする。人差し指と中指をあてがい、見せびらかすべく淫唇をくぱっと開く。

執拗な快楽と興奮によって粘膜はとうに蜜で溢れかえっていた。小さな電球の光を浴びて、てらてらと妖しく煌いている。剥き出しとされた尿口からは、ほのかなアンモニア臭に混じり甘酸っぱい芳香が漂っていた。

妖艶とすら言える仕草に叔父は見入って生唾を飲む。璃沙はまた小さく笑い、悪戯的にぺろっと舌を出して、

「ほら……早くぅ」

「璃沙ちゃんっ！　おおぉ！」

——ずぶっずぶずぶずぶぶっ！

挑発してやった次の瞬間、腰を掴まれ膣内にペニスを押しこまれていた。

「はあぁッあああンンンくるぅうッ！　硬いの、おっきいのぉッ！」

「おおぉ、す、すごいよ璃沙ちゃん、奥まですっかりぐちょぐちょじゃないか、こんなに気持ちいいのは久しぶりだよ！」

「おじさんのだって、あン、あンッ、がっちがちじゃん……欲求不満なの一発で、んンッ、分かるっての……！」

二人は早々に便座を揺らし久々のセックスにのめり込んでいった。

（やば、マジ気持ちいいっ、ちょっと動いただけでもうっ……！）

込みあげてくる甘い官能に璃沙は戸惑いを隠せない。しばらくなかった本番とはいえ得られる快楽は想像以上、二、三度膣肉を擦られただけで早くも腰がくねり始める。

先の前戯を差し引いたとしても、こうまで感じたのは初めてだった。

（そっか、私……もう、形変わっちゃったんだ。このおちんぽに馴染んじゃって……すぐ感じちゃうくらい、フィットして……）

女としての直感が確かにそう告げていた。女性の膣は気に入った男根の形に馴染む。進んで形を変える。それが自分の番《つが》いであると、あたかも証明するかのように。

きっと自分は、もうこのペニスに夢中なのだ。初めての時は大きくて辛く刺激が強すぎるくらいだったものが、今やすっぽりと包み込んで妖しくうねりを見せるほどに。

「はぁ、はぁ、はは、そういえば、またゴムつけてないねぇ。最近物忘れが激しくってね」

「あンッ、うンッ、覚えてたってつけないクセに……それに、んンッ、私、も……！」

私も生がいい——喉元まで出かかった言葉は、ペニスのひと突きで心地良く掻き消される。

そう、今や避妊具越しでは満足出来なくなりつつある。ごつごつとした禍々しい形状、深部まで埋め尽くす見事なサイズ、それらの感触を直に味わうのが当然と化しつつあった。

こうして膣奥をノックされると、入り口ばかりでなく奥まで疼いていたのが分かる。五回、十回、二十回、三十回、奥の熱肉を引っかかれるごとに子宮に歓喜が渦巻いていく。

「はぁはぁ、璃沙ちゃんのオマ○コすごく熱いよ、柔らかいお肉がうねうねしてて……！」

叔父も叔父で歓喜に打ち震え、着実に高まっていくと知れる。形の変わった女の膣は程よく締めつけ絶えず男根を悦ばせ続ける。さらに馴染むべくうねりを深めれば、自然と擦れあいが濃密となり互いに官能を共有しあう。

璃沙は無性に嬉しさを覚え、自らも豊かな尻たぶを揺すり、膣肉でペニスをしごき始めた。

「ああ゛あッ、すごい、びくんびくんしてるぅ、オマ〇コごりごり抉ってるぅ……！」

エラがまた一つ大きく張り出し襞肉を擦過する感触が強くなる。膣内がびりびりと快く痺れ、歓喜と官能が背筋を通って心音を速め脳髄を蕩かす。

追加で溢れる粘っこい蜜がサオに絡むたびぐちょぐちょと泡立つ。サオは出入りを徐々に速め、膣口はきゅうきゅうと収縮を開始し、腰が尻肉を叩く音がだんだんと大きく派手になっていく。

ほんと気持ちいい、くせになっちゃう——息を荒らげ尻を振りながら、璃沙は無意識に両足を相手の腰に絡める。

「璃沙ちゃん、足まで自分で——色っぽい、なんていやらしいんだい！」

——ガバッ！　ずんずんずんずんズプズプズプズプっ！

受け入れ姿勢を示したためか叔父はますます勢いづいた。豊満な腰に伸し掛かるようにして激しいグラインドを繰り返す。両手を伸ばし姪の細肩を掴みすらした。

璃沙はタンクに背中を押しつけられ、挟まれた形でピストンを受け止めた。少し痛い。でも激しく突かれて気持ちいい。かつて知った被虐の悦びが今また新たな興奮を呼び込む。

「あ゛あッ゛あ゛あッすごい、激しッ、感じちゃう、奥、焼けちゃうゥッ！」

初めて犯されたあの日の夜を再び体験しているかのようだ。あの時から自分は変わり始めた。彼氏相手では得られずにいた本物の快楽を知った。イキたくないのにイってしまう自制の利かぬ本気の絶頂を。

今もそうだ。もっと長く堪能したい、それなのに身体はみるみる昂り、微かな痛みと大きな官能が全身を駆け巡り五感を蕩かせる。特に膣と子宮は顕著で茹《ゆ》だったように快く感覚が溶けていく。

（ムカつく、やっぱりムカつくっ、こんなにオマ○コ掻き回すなんて、こんなに気持ち良くしてくれちゃうなんてっ！）

抵抗しようにも力は抜けきり、ひたすら肉棒で突かれるばかりだ。腰はとうに艶かしくくねり、肌は指先まで淡く色づき、荒い吐息を吐く唇は端から唾液を垂らしている。気持ち良すぎて小鼻までヒクつきはしたないと思いはするも、下腹全部を舐め尽くすような甘強い快楽はどうにもならなかった。

いつしか目尻はとろんと垂れ落ち視界が涙で歪んでいる。見えるのは、一心不乱に腰を振る叔父と、すっかりはだけた自分の胸元、揺れ躍る乳房と淫らに跳ねる臀部だった。他は絡みついたままの両足だった。

（イっちゃう、もうイっちゃうぅ、我慢なんてもう無理、オマ○コ飛んじゃうううっ！）

感覚のすべてが快楽に集中し他は何も感じなくなってくる。耳に届く蜜の音色、ずちゃずちゃと響き渡る淫らな旋律。それさえもが官能を助長し高みへ押しやろうとする。高みへ連れていってくれる。

夢中でペニスを膣肉でしごきつつ、璃沙はよがり、無意識に両手を伸ばした。確かな手応えと共に叔父の顔が目の前に来る。汗ばみ切羽詰まった表情。その唇が自分のそれにぐっと重なるのを感じた。

「じゅるっじゅるる——お、おじさん、私、もぉイクゥ——！」

「はあはあおじさんもだよっ、璃沙ちゃんの、中にっ——！」

——びゅぶっぶぶぶるるるるるうっ！

互いに唇を吸いあった瞬間、璃沙の中で何かが弾けた。子宮に甘い灼熱が走り一気に脳天まで突き抜けて、目の奥にぱっと火花が飛ぶような甘美な頂へと到達した。

（あ——精液、中に出てる——いっぱいになって、あったかい……！）

避妊を一切考慮せぬ奔流《ほんりゅう》が子宮口を通過し奥まで浸透してくる。その熱量、勢い、今はなぜだか腹の底から素敵に思える。

「はぁ、はぁ、ああすごい、おじさんまだまだ出ちゃうよ……！」

やはり溜まっていたに違いなく、ペニスは膣奥でなおもびゅくびゅくと痙攣を続けている。震えるたびに精液が噴き出し新たな熱を子宮へと注いでいく。

「はぁはぁ、はぁはぁ……ったく、まだ出るの？　そろそろ抜いてほしいんだケド」

叔父の首を抱きしばらく震えていた璃沙だが、あまりの長さに少々呆れて告げる。

「あと、キス。キモい。口臭いし」

「ああごめん、今度からきちんと歯を磨くからね」

「磨いても臭いし。多分。絶対」

「ははは、璃沙ちゃんは相変わらず言う事がきついなぁ」

自分から求めた、などとは口が裂けても言いたくなかった。今でもキスは好みでない。しかし例外もある、などとは。

「声、結構出ちゃったから近所に聞かれてなきゃいいんだケド。あと着替え、新しいの貸してよね。汗だくになったしにおうし」

「もちろん構わないよ。ああ待って、実はおじさん——」

「分かってるし。どーせまだ足りないとか言う気でしょ？　一回で終わったコトなんて今までなかったじゃん」

こんなやり取りが自然と出来てしまう事にも内心驚きを禁じ得ない。いつからだろうか、呆れる程度で許せるようになったのは。当初はショックすら受けていたはずが、よくも変わったものだと思う。

個室に漂う精液のにおいも今ではほとんど気にならない。何も感じないわけではないが、この男の家ならばさもありなん、と思えるようになったのだろう。

（もういいや。明宏は浮気するし、家は嫌いだし、ここ気持ちいいし――いっそおじさんのセフレにでもなっちゃおうかな――なんて）

その結果による厄介事も、せいぜい甘えて一緒に押しつけてしまえばいい。好きでいる振り――そう、あくまで振りだ――をしていてやれば、きっと許してくれるに違いない。

目の前にペニスを突き出され、拗ねた表情でそっと口に含みながら、璃沙はそんな事を思った。

# 七章　Greedy pair（新しい関係）

真夏の蒸し暑さが多少和らいだ比較的涼しい、とある日の午前中。

璃沙は学校の校舎裏に呼び出され、久方ぶりに彼氏と対面していた。

「それで？　なに、用って？」

久々に会えた恋人というには、その対応はひどくそっけない。会う事自体が面倒であると露骨に顔に書いてある。

「っていうかさ、お前、最近付き合い悪いんじゃね？　って思ってさ」

志水明宏は見るからに鼻白んだが、ねめつけるようにして話を切り出した。

「この前もＬＩＮＥ送ったのに未読スルーでさ。せっかく時間出来たってのに」

暗に「わざわざ時間を作ってやった」と言っている。会いたい旨をこちらから何度も伝えてきたため優位にあるのは自分の方だと勘違いしているのだろう。

何を今さらいけしゃあしゃあと――こちらが呆れているのにも気づかず明宏は憤慨した態度で告げる。

「ひょっとして浮気してるとかないよな？　俺と会えなかったからってさ」

璃沙は深々とため息をつく。何も知らねばきっと慌てて弁明したろうが、今となっては下手な芝居だと理解出来た。浮気をする者は、得てして相手の浮気を疑うものなのだ。

「妙なおっさんと街歩いてたって聞いたぜ。そこんとこはっきりさせようと思ってさ」

「——だから、なに？」

問い返す声音は、自分でも意外なほど無感情かつ冷ややかであった。

「私が誰とどこ歩いてようと勝手でしょ。なんで文句言われなきゃいけないわけ？」

「なんでって、そりゃ……」

「彼氏だからって？　バカじゃないの、そんなのとっくに終わってるってのに」

話にならないと言わんばかりに璃沙は身体ごと横を向く。実際、話にならない。浮気がばれていないと思い込んでいる男ほど滑稽なものは世にないだろう。

「そっちこそどうなの。彼女ほっぽりだしてデートとか」

「え——はあ？　お前なに言ってん——」

「可愛い子じゃない。マネージャーだっけ？　ホテル代まで出してくれるとかお金も持ってるんでしょーね」

目に見えて変わる彼の表情に愉快を覚えないではなかった。よもや切り返されるとは思ってもみなかったに違いない。詐欺師を詐欺で騙す心地で璃沙はスマートフォンにデータを呼び出す。

「今見るとウケるわねこれ。映画のチョイスだっさ。ってか、この辺からもうヤリたいオーラ出まくりじゃん。お尻とか触ってマジキモいし」

「なんだよそれ――って、おい、なんだよこれ!?」

叔父が盗撮した証拠映像はさぞこたえる事だろう。明宏の表情が見る間に動揺で揺れ始め、それを眺める璃沙の顔には偽悪的な笑みが浮かびあがる。

「お前、それどうやって……!?」

「私よりこの子がいいんでしょ？　別にいいし。もう興味とかないから。――ってコトで、これでお終い。じゃあね、バイバイ」

璃沙は背を向け気のない手を振った。別れを意味する事くらいは明宏とて理解するだろう。少なくとも璃沙には縒りを戻す気などさらさらなかった。

「あ、自分が振ったとか言いふらさないでよね。振ったのはこっち。悪いのはそっち。つまんないコト言ったら――分かってるでしょ？」

振り返らぬまま肩越しに携帯を見せて軽く振る。何かあれば先ほどの映像を公表する、そう言っているのである。

「際どいシーンとか結構あるし、見たらみんなどう思うかな。ま、どうでもいーケド」

「ざけんな！　んなことしたらぶっ殺すからな！」

焦って逆上したのだろうか、肩を掴まれ強引に振り向かされた。

顔に出さずぎょっとする。普段温和な彼が、因縁をつける不良のごとき険悪な表情を浮かべている。イケメンでサッカー部、人気がありモテる男、その本性が垣間見えたとこの時璃沙は思った。

「可愛いからって調子こきやがって、前からそういうとこムカついてたんだよ！」

「っっ――！」

殴られる――璃沙はそう思って、反射的に目を瞑った。

数秒の間。見えはしないが、確かに何かが振り下ろされた気配がある。平手か拳であった事は想像に難くない。

が、予想に反して待てども一向に痛みは来なかった。

代わりに訪れたのは、吃驚の声と――背後に立つ別の男の気配。

「う、だ、誰、このおっさん？」

はっと目を開け後ろを振り向く。頭一つ分は大きい肥満気味の大柄な姿が目に飛び込む。

思わず胸が一つ跳ねたのは、驚愕ゆえか、はたまた別の理由か。

分からないが、恐怖と不安がたちどころに霧散した事だけは確かだった。

「お、おじさん、なんで？」

「ちょっと気になってね、様子を見に来たんだよ」

叔父の逸が背後に立ち、振り下ろされんとしていた腕を、がっちり捕まえてくれていた。

璃沙は安堵と呆れを覚える。叔父を伴い近くまで来たが、校門前で待ち合わせる予定だったのだ。のこのこと校内まで入ってくるとは正直予想していなかった。

叔父は落ち着き払った様子で掴んでいた腕を離してやった。明宏が腕を庇う。存外、力はあったのだろう。

その叔父の腕が、今度は璃沙の身体の上を、さわさわと這い回り始めた。

「女の子に乱暴はだめだよ。優しく、気持ち良くしてあげなきゃ。こんな風にね」

「ちょっとおじさん、あっ、だめだって……」

背後から抱き締めてきたかと思いきや、掌を這わせ、胸や太腿をまさぐり始める。

胸の膨らみを揉み、スカートの内側に指を忍ばせ、肌を撫で、クロッチをこすり、制服のボタンを上から一つずつ外していく。

「だめ、やめてってば……ここ、学校だって、のぉ……」

「こう見えて璃沙ちゃんは繊細な女の子なんだよ。彼氏君——失礼、元彼氏君かな。君じゃ満足出来なくて、ずっと悩んでたんだよ」

絶句している明宏に向けて叔父は言い、その目の前で、これ見よがしに璃沙の唇を奪ってみせる。

「んﾞ――っふう、やめっ――てばぁ……今も、あんま得意じゃないんだからぁ……」

「ちょっ、ま、マジで――こんなおっさん、と？」

璃沙は知っている。明宏はキスを多く望んだが、璃沙が好まぬためやむなく自重していた事を。

そうなのだ。だからこそ驚いているのだ、戸惑いながらも唇を許しているこの光景に。今や璃沙は以前ほどキスを拒みはしない。進んでする事こそないが、求められれば舌を伸ばし絡み合わせる真似すらやる。

現に今、別れを告げた元彼氏の前で、別の男とねちっこいキスを繰り広げていた。

「あむ、ぢゅくっ――あ、あんま啜らないでよ、舌、結構弱い、んだからぁ……」

「マジかよ……じゃあ、噂のおっさんてのも……」

「くちゅっ――勘違いしないでよね、浮気とか付き合うとかじゃないし」

乳首を緩く引っかかれる感覚に甘く身震いしながら、璃沙は元彼氏をちらっと見た。

「エンコー、援助交際してるだけ。こんな中年にマジになるワケないじゃん」

そう言いつつ、ぐっと背後に首を回し進んで相手の唇を吸った。歯の裏を舐められるに任せ、自らは相手の舌を啜る。

明宏は押し黙り歯噛みしながらその場に固まった。言葉とは裏腹に二人のキスは濃厚である。上辺だけの関係などとは、とてもとても見えはしない。

もっとも、彼が何を考えていようと璃沙にはもはやどうでもよかった。居場所、安心、自由、快楽、どれをとっても彼から得られるものは一つとてない。義理すら失った以上、何を慮る必要があるというのか。

それに比べて叔父はどうだ。外見や年齢、性癖等は確かに良質とは言い難い。だが居場所も安心も自由も快楽も、欲すればすべて与えてくれる。ちょっとキモいし体臭がきついが、それにさえ目を瞑れば身体を重ねるのも苦にならない。

(っていうか……体臭とかも、あんま気にならなくなってきちゃった。口臭いのも、ちょっと……ちょっとだけ、どきどきしてきちゃったりして……)

唾液が糸を引く様が、余計に卑猥に見えて恥ずかしい。あれほど嫌っていた口づけに今は胸が高鳴る。他人の――そう、もはや他人だ――視線を感じる事にすら、羞恥と共に高揚感を得てしまう。

(あ……やば、マジで濡れてきちゃったかも……アソコが寂しい、この感じ……)

指に擦られるショーツのクロッチが、次第に温かくなり肌に吸いつき始める。尻がもぞもぞと微動するのは発情の前触れであった。くぐもった声が漏れ、抵抗する気がさっぱり失せる。

「ん、もぉ……どーしてくれんのよ、スイッチ、入っちゃったじゃん……」

「璃沙ちゃんはやっぱり感じやすいねえ。そんなだからおじさん夢中になっちゃうんだよ」

「なんなんだよ、ど、どうかしてるぜお前ら……！」

見ている他なかった明宏が、居たたまれないといった様子でじりじりと後退りを始めた。

興奮したのか、その頬は赤い。それとなく前屈みな理由は容易に察しがつく。悔しさに歪む表情は怯えて吠えるだけの子犬を彷彿とさせた。

「くそっ」と舌打ちし逃げるように退散する彼、しかしその姿は、すでに二人の眼中にない。

「おじさんもスイッチ入っちゃったよ。もう我慢出来ないよ璃沙ちゃん」

「マジ変態、キモい、サイテー」

二人はなおもじゃれあうようにして場所を移していく。

ここに来た当初の目的すら、すでに両者の頭にはなかった。

※

——盛りあがった二人が行為の場として選んだ部屋。

それがここ、学内別棟の二階にある美術室だった。

「学校でするなんて、マジ変態なんだから」

選んだのは、そんな事を述べる璃沙である。今は夏休みで運動部以外は基本的に活動休止中である。授業が行われない以上、美術室は常に空室であるはずだった。

カーテンがあるため窓からの目を遮る事も可能である。秘め事を行うには、まさにうってつけの場所と言えよう。

璃沙は本能の求むるまま、叔父の身体に我が身を擦り寄せ、さわさわと股間を撫でつけた。「したいんでしょ、変態」と耳元で囁き、ジッパーに指をかける。

「焦らないで璃沙ちゃん。お楽しみはこれからだよ」

叔父は持ってきていたポーチから、小型のハンディカメラを取り出した。

「今日は璃沙ちゃんの本当の姿をしっかり撮影しようと思ってねえ。――ちょうどいい機会だ、まずは自己紹介からお願いしようかな」

璃沙は「はあ?」と半眼となった。やはり変人だ、イメージビデオ、いや、アダルトビデオでも撮影する気でいるのだろうか。

同時に思い知ったのは、自分もまた、その領域に踏み込みつつあるという事だ。撮影と聞いて気分が高揚し期待感じみたものを得ていた。

「タイトルは、『援交する現役JK』かな。さあ、どうぞ」

「もう……えっと、皆川璃沙、17歳、S県N校の2年生です――こんな感じ?」

「そうそう、そんな調子。じゃあ趣味とか話してもらおうかな」

「えっとぉ、最近ハマってるのは有名人のブログ巡りとかかなあ。あ、ツイ見るのも。そーゆーの結構好きかなあ」

日常的な内容から入るのはいかにもという流れだった。演者をリラックスさせ口を軽くするためだろう。璃沙も乗り気となりインタビューでも受けている感覚となる。

だが叔父の口元に好色な笑みが浮いているのを見逃したりはしなかった。

「じゃあ次はスリーサイズを教えてくれるかなあ」

「え、えっとぉ……上から、85、58、82、だったかなぁ……」

「スタイルいいねえ。何カップかなあ？」

「えっと、い、Eカップ……結構大きい、と思う、なぁ……」

考えてみればこんな事を教えるのは初めてだった。元彼氏にも話した事はない。こういう話を男はどう思うのか、どんな風に見るのか、少しの羞恥と強い好奇心が湧いてくる。

「うんうん綺麗な形のおっぱいだもんねえ。おじさんも大好きだよ。じゃあ次は、初体験の話を聞こうかな」

それを聞いて璃沙は思わず頬に朱が差すのを感じた。初体験、それは甘酸っぱくもあり、なんとも気恥ずかしい記憶である。それを他人に話す機会など一般的にはまずないだろう。

「え、えっとぉ…………去年の暮れだったかなぁ。場所は彼氏の部屋、ちょっと早いかなーって思ったケド、ちょっと期待してたし、まーいっか、とか思って……」

そしてあり得ないからこそ緊張し胸が少しずつ高鳴ってきた。思い出すだけで頬が熱くなる内容だし、それを聞かせるのは一種の羞恥プレイと言えよう。万一誰かに知られようものならば話のネタにされること請け合いだ。そういった事を考える時点で役に入り込みつつあると言えたが、不思議と気分は悪くなく、妙に意識が浮ついていくのを感じた。

「で、ちょっとだけ痛かったんだけど、感じちゃってる彼見てるとふわふわした気持ちになっちゃって……終わったら、ちょっと気持ち良かったかなーって気して……」

叔父も興味津々という様子でにやにやしながら聞いている。ムカつく、と内心思ったが、その先にこそ快楽があるのをこれまでの経験から学んでいた。

「初体験で気持ち良くなるなんて、やっぱり感じやすい子だったんだねえ。じゃあ次は、そんな璃沙ちゃんのオナニーの回数を聞こうかな。週に何回くらいかなあ?」

「っ……!　えと、い、一回……かな……?」

「本当かなあ?　いやらしい身体いつも持て余してたんじゃないのかなあ?」

「ば、バカ……っ。に、二回……ごめん、三回、くらい……」

「意外に多いんだねえ。若い子はみんなそうなのかな。それとも璃沙ちゃんが特別エッチな子だからかなあ?」

叔父の方も調子が出てきたらしく、次第に言葉責めへと移っていく。

璃沙は悔しげに睨み、発情のぶり返しつつある身体を、軽く捩って吐息を吐く。

「本当は毎日してるんじゃないのかなぁ？　おじさんのにおい思い出しながらとか」

「し、してない、においなんて、おっさん臭いし、その……」

嘘だ。昨日もそれでオナニーをしたばかりだった。臭いのは事実だが、かえってそれが不埒な妄想を掻き立てるのだ。

「じゃあ次はねえ、感じやすいポイントを聞こうかな」

カメラのレンズがにやけ顔と共に、ぐいっと間近に迫ってくる。ほら、素直に白状しろ、と脅しつけんばかりに。

璃沙は無意識に下唇を噛み、込みあげる感情に軽く目を伏せる。

「そんなコト聞かれても……よく、分かんないし……」

「だめだめそんなんじゃ。視聴者は璃沙ちゃんの可愛いお口から聞きたがってるんだから」

「っ、はぁ…………えと、やっぱり、アソコ、かな……触ってると気持ち良くなってきて……」

「アソコじゃ分からないよ。ちゃんと名前で言ってくれなきゃ」

「っ、だから…………ち、膣……オマ、◯コ……」

「オマ◯コだね？　璃沙ちゃんは毎日オマ◯コを弄《いじ》ってるんだね？」

「そ、そう……あ、毎日なんかじゃ……ううっ」

相手のペースに乗せられていくのがだんだんと分かってくる。いつの間にか「毎日オナニーするエッチなＪＫ」というキャラに仕立て上げられている。悔しい、ムカつく、相変わらず陰湿な男だ。だからこそぞくぞくし、こうまで身体が熱くなるのだ。

「もっと具体的に教えてもらおうかなあ。オマ○コのどこだい？　入り口？　奥？　ひょっとしておしっこの孔かなあ？」

「そ、そん……ふ、普段は、浅いトコ、かな……よく触るの……ケド、一番感じやすいのは、やっぱり……」

「やっぱり？　どこだい？」

「く……クリ、かな……っだから、クリトリスっ……すごく敏感、だから……！」

カメラが一歩迫ってくるたび璃沙の感覚は熱をあげた。無言の圧力に追い立てられるようで、苛めを受けている気分になる。以前の自分なら確実に拒否していたはずが、今は情けなくも小さく震えてしまっていた。

「璃沙ちゃんのクリトリスは小さくて可愛らしいからねえ。おじさんも大好きだよ」

カメラがさらに一歩迫り顔を間近に捉えてきた。赤面しているのが自分でも分かり反射的に後退る。壁に立てかけてあったイーゼルが背に当たり退路を失ってしまったところへ、カメラはまた一歩接近してくる。

「他にはどうだい？　オマ○コとクリだけ？　オナニー大好きな璃沙ちゃんなら、もっといろいろしてるでしょ？」

「はぁ、うぅっ……これ以上、聞かないで、ったらぁ……！」

脚色は進み自分はオナニストにされている。金目的でなく好色がゆえに援助交際をするＪＫ、そういうシチュエーションに引きずりこもうというのだ。イメクラでも行けば？　と罵ってやりたくなる。

だというのに意識は浮つき、まるで実際に好色であるような心境になってくる。オナニー好きの色情狂、セックスが好きで中年男に媚を売る女、あたかもそれが自分の本性である気がしてくる。

「っ……ち、乳首、も……感じやすい、かな……腿の内側も結構弱くて……よく触って、気持ち良くなって、る……」

「ここかい？　ここととかここかなあ？」

「あ、やめてよ、いちいち見ないでぇっ……！」

カメラはまず乳房の先端をぐぐっとズームアップした。制服越しで見えはしないが、意識をすると乳首が尖り浮き出てきそうな不安を覚える。次いでレンズが内腿を捉えると、スカートの内側が急に気になり触れられたような錯覚を覚えた。

（これ、結構クるっ……どきどき、止まんなくなってきて……！）

ここまで叔父は一度として直接触れてはいない。レンズ越しの視線と言葉のみで恥辱感を植え付けてくる。たかがその程度で興奮してしまう自らに驚き、つまらないと思われがちなAV女優の自己紹介にも確かな意味があるのだと知った。

（そんなに見ないでよ、マジで……乳首、立っちゃうじゃん……太腿だって、すごく、恥ずかしいしっ……！）

イーゼルを背に震える自分はまさしく追い詰められた獲物そのもの。視聴者の加虐心をさぞくすぐっている事だろう。こんな姿を見知らぬ他人に見られでもしたら、そう考えるだけで呼吸が乱れ、役にどっぷりと嵌まり込んでいく。妄想の境目が曖昧になってくる。

「じゃあ次は、おっぱいを見せてもらおうかなあ」

叔父はハンディカメラを片手に、半袖のシャツのボタンを外すよう指示してくる。

「ゆっくりとだよ、視聴者を焦らすようにして、下からゆっくりと」

ついに来たと璃沙は身を固くした。知れた事だがインタビューだけで終わるはずがない。この先こそが重要なのだ。その程度は分かっていたし覚悟もしてはいた。

とはいえ肌を晒す事に恥じらいがないとは言い切れない。まだうら若い乙女なのだ、人並の羞恥心は持ち合わせている。それでなくともカメラを前にすれば、たとえプロとて思うところはあるに違いない。

それでも従ってしまうのは、この先にこそ快楽があると心身が記憶しているためだ。先の発情は身体の芯に燻りを残し、今また卑猥なイメージプレイにより新たな熱を与えられている。身体も心も刺激に飢えてしまっている。

言われた通り、ゆっくりと下からボタンを外すと、白くなだらかな腹部と臍が見えてくる。早速カメラはそこに食いつく。恥ずかしい。平素であれば平手打ちを見舞うかもしれない。その一方で露出への緊張感が心をぞわぞわと蠢かせる。

「璃沙ちゃんはくびれも綺麗だねえ。これだけでおじさん涎ものだよ」

叔父の期待に満ちた声も、いつもと言えばいつもの事。何度恥ずかしい思いをしたか知れたものではない。それが今ではこうも快い気分にさせるとは、性の営みとはまったくもって不思議なものだ。

ファンに応えるグラドルの気分で、薄くはにかみながら襟のボタンをぷつっと外す。シャツの前がふわりとはだけ、透明感ある素肌と共に、煌くような白い色合いのレースで飾られたブラが露出した。

「おお、これまた素敵なブラだねえ璃沙ちゃん。さあ、もっとよく見せてごらん」

「変態」と小声で罵りながら、指示通り前を開く。浴衣の襟がはだけるイメージを模倣しつつ、両肩を露出させ、重たげにカップに収まっている二つの豊乳をレンズに映す。

叔父はまた「おお」と呟き、ハーフカップの露出した谷間を至近距離から撮影した。

「ちょ、ちょっと、あんまじろじろ見ないでったらぁ……」

「ああごめん、ちょっと先走っちゃったかなあ」

璃沙が拗ねた声を出すと、叔父は珍しく素直にカメラを引いた。

璃沙には分かる。お楽しみはまだまだこれからという意味なのだ。

「それじゃあブラもとってもらおうかな。ああ、せっかくだから、脱がさずにずらそうか」

叔父はそう言って小さく持ち上げるジェスチャーをした。意図を理解した璃沙がおずおずとブラに指をかけると、叔父はさらに「ゆっくり、ゆっくりだよ」と指示を出してきた。

焦らす意図が明白なところが余計に璃沙を羞恥で躊躇わせた。いっそすぱっと脱いだ方が諦めもつくというものだが、それを許さないところに底意地の悪さを感じる。

璃沙は「んっ……」と小声で呻き、少しずつカップをずらしていった。アンダーベルトが乳肉に食いこみ小さな段差を作る。餅を思わせる白い肉が下から柔らかに溢れていき、薄い桃色の滲む先端が徐々に顔を出してくる。

(乳首、見えちゃう……やだ、脱ぐだけでこんなにどきどきする……!)

状況一つで意識は変わるのだと初めて理解したと思った。とうに慣れた気でいたが、ぎりぎりのチラリズムは予想に反して羞恥心を強く刺激する。あと少しで見えてしまう。カメラに録画されてしまう。考えるだけで興奮の炎がじわりじわりと乳肌を焼いていく。

と、迷いを察したのか、叔父が少し笑みを濃くした。跳ねっ返りである璃沙は負けん気を禁じ得ない。ふんと小さく鼻息を吐き、照れを隠しつつブラを上へとずらしあげた。

「おお、こちらもとっても綺麗だねえ。85のEカップ、学生さんとは思えない大きさだ」

——ぷるるん。擬音を伴いそうな勢いで、若々しい二つの膨らみが揺れてその姿を曝け出す。

量感のある見事な房は、大きすぎず重すぎず、美しい椀型を形作っていた。未だ発育途上であるためそろそろFカップに到達しそうなバストである。乳首は一切黒ずみがなく、乳輪の大きさも控えめで愛らしい、まさに秀麗な実りある巨峰と言えた。

乳白色の滑らかな肌は早くもうっすらと汗ばんでおり、見る者が見れば発情していると理解出来る。微かに色づく淡い肌とぷくりと膨らむ丸い突起、いかにも揉み甲斐のありそうな肉感的で張りのある膨らみ、男からすれば、さぞ生唾ものに違いない。

叔父はその膨らみたちを、下からじっくりと舐めるように眺め、カメラのレンズに収めていく。

「少し大きくなったかなあ？　さすが若い子は成長するねえ」

「そ、そんなコト……じ、じろじろ見ないで、マジ恥ずかしいしっ……！」

「それとも、いっぱい揉んでもらったおかげかなあ？　男に揉まれると大きくなるなんて噂もあるからねえ」

常日頃から揉まれているという露骨なＰＲであった。璃沙の頬に新たな朱が走る。淫乱であると言われた気分だ。

（おじさんがいっぱい揉んだんじゃない、パイズリだって何度もやらせて、おかげで胸まで前より敏感に……）

手で触れられるのはもちろんの事、こうして視線を浴びるだけでも肌がちりちりとしてくるようだ。そのくらい恥ずかしい体験をし、また官能を叩き込まれてきた。今ですら乳首が勃起してしまい、自覚すると震えが来そうだ。

だが、ここまで来てなお手を出さないところがこの男の異常な点である。興奮しているに違いないのに視線のみで乳房を舐め回し、言葉で責め立て被虐心を突いてくる。

「こんなに乳首勃起させちゃって、いやらしい子だねえ璃沙ちゃんは。すぐにも揉んでほしいくらいムラムラしちゃってるのかい？」

「っ……揉みたいのは、そっちじゃん……無理しちゃって……」

「おじさんはカメラマンだから触らないよ。触るのは璃沙ちゃん自身さ。ほら、揉んでごらん。両手でむにむにってねぇ」

「っっ……！」

しばし沈黙し迷った末、璃沙は言われた通りにした。

両手をそれぞれ乳房に重ね、ゆったりと圧をかけていく。始めは軽く、小さく撫でるように。少し慣らしてから親指と他の指で緩く挟むように。そのうち変化をつけ、指を別個に蠢かせるように。人差し指で乳首の先をくりくりと捏ねて擦るように。

そうしているうちに吐息が乱れ、乳房が気持ち良くなってくるのが分かった。やはり元から疼いていたのだ。

「はぁ……あぁン……胸、感じ、ちゃうぅ……乳首、じんってしてぇ……」

「だめだめ璃沙ちゃん、なに勝手に気持ち良くなってるんだい。揉むだけだって言ったでしょ」

叔父は呆れた調子で言い、発情の証拠たる勃起乳首を露骨にカメラに収めた。ついでにもどかしげな表情も映し、今度は身を屈め下腹部へ。下から覗きこむ体勢でスカートの内側を指差す。

「今度はこっちを見せてもらおうかな。分かってるよね？　雰囲気たっぷりで」

「バカ……ほんっと、サイテー……はぁ……っ」

脳裏に靄が広がっていくのを璃沙は確かに感じていた。先ほどあった躊躇の思惟が、乳房に広がった官能によって徐々に脇へと押しやられている。愛撫に走ってしまったのは、すでに現状に嵌まりつつある証拠だ。

腰を突き出すように言われ、その通りにし、スカートをはらりと床に落とす。まろやかに膨らむ美しい臀部と肉付き良い太腿が露わとなり、光沢のあるシルクのショーツが窓からの陽光に白く輝く。

叔父に買ってもらった高級な下着。そのクロッチは、早くも薄く沁みが浮いて貪欲な本性を明らかとしていた。

「もう濡れてるねえ。やっぱり璃沙ちゃんは感じやすいなあ。それとも——見られてるだけで興奮しちゃうマゾなのかな本当は？」

「う、うっさい、知らないっ、変態……！」

マゾ——改めてそう指摘されると、身の内にぞくぞくとくるものがある。

そう、自分はマゾかもしれない。これまでとて思うに至る要素はあった。認めるのが怖かっただけで心のどこかでは悟っていた。

カメラのレンズがクロッチを捉えると、得も言われぬ高揚感が羞恥に先んじて腰を這いずった。見られるのが怖い、されどその恐怖に期待する。相反する感情がせめぎ合う感覚も、なぜか奇妙に快い。

「どんな感じだい？　見られるだけで濡れてきた感想は？」

「はぁ……はぁ……頭、ふわふわしっぱなし……身体中熱くって……オマ○コじゅくじゅくしてる、欲しくなってるの、自分でも分かっちゃって……！」

それを口にする事自体がなおさら身体を熱く疼かせた。カメラに向かってなんてこと言ってるんだろう。これではまるで本物の痴女だ。世間に知れたら勘当どころでは済むまい。

（でもいいか、おじさんトコに住んじゃえば……）

そう思う事は、言い逃れと言うよりかは、安堵を得るための合言葉のように感じられた。

「それじゃあいよいよ、この奥も見せてもらおうかなあ。じゅくじゅくになった璃沙ちゃんのオマ○コをね」

「はぁ、はぁ……うん、分かっ、た……！」

とうとうそこまで見られちゃうんだ――璃沙は淫夢を見ている心地で、腰を前に突き出したまま、震える指先を陰部に伸ばした。

叔父も期待に笑みを濃くし、息を殺してカメラを向けてくる。最もたる恥部を記録されるという認識が、腰奥を火照らせ、子宮をトクン、と甘く息づかせた。

璃沙は唇を噛み、眉をハの字にし、羞恥とも恐怖ともつかぬ面持ちでついにクロッチに指をかけた。白い布を軽く摘み、すすっと横にずらして退ける。

――ピラッ……ヒク、ヒクヒクンッ……。

「はぁッ……」と璃沙はため息を吐き、恍惚の表情で身震いした。

しとどに濡れる薄紅色の女の花弁が、レンズの目の前で、妖しく咲き誇っていた。

「こりゃあすごい……とっくにびしょ濡れで肉ビラが出ちゃってるじゃないか」

叔父は眼鏡の奥で爛々《らんらん》と目を輝かせた。

もはや弁解のしようもないほど璃沙は発情し濡れていた。愛撫らしい愛撫といえば、せいぜい胸を揉んだ程度。陰部への接触は一切ない。にもかかわらず裂け目は開き、薄い紅色の膣粘膜が淫らに顔を覗かせていた。

璃沙自身もそれを自覚し、ゆえにこそなおさら興奮を覚えた。

(見られてる、私のいやらしいオマ◯コ……怖い、視線感じちゃう、ああおかしくなりそぉ……!)

以前にも撮影されはしたが、大きく異なるのは見られる悦びを味わっている点だ。羞恥は無論強くあるも、それを塗り潰す性の昂りの波を感じる。むしろ羞恥があるからこそ昂りが鮮明に分かるのだった。

それに今回は無理強いとは違う。自ら披露し視線を釘付けにしている。痴女という単語が今また浮かび、己が浅ましさに被虐の愉悦を覚える。

「はぁ……はぁぁっ……あんま見ないでったらぁ、オマ〇コ、熱くなっちゃうじゃん……！」

「すごいねえ、触ってないのに肉ビラが動いちゃってるよ」

カメラは超至近距離で生のヴァギナを克明に撮影する。膣口の開閉、漏れ出た粘膜、湯気の立ちそうな熱い蜜、それらは生々しい色香を醸し出し、モザイクなしで余すところなく収録されていった。

それだけで璃沙は鳥肌が立つほど興奮したが、撮影会はまだ終わらない。次の指示が飛んでくる。

「じゃあ璃沙ちゃん、このままオナニーしてもらおうかな。普段どんな風なのか教えてもらおうと思ってねえ」

「はぁ、はぁぁ、へ、変態ぃ、死ねばいいのにぃ……！」

茹だりそうな意識の中、小さく首を振り怯えを示す。本気で罵倒してやりたくとも逆らおうという気がどうにも起きない。感覚がすでに狂いつつある。急かすような視線のもと、快楽の味を占めた身体が独りでに指を膣口に添える。

恐る恐る膣口をなぞるとじーんと甘い痺れが来た。感度があがっている証拠である。この分ならば、もう前振りなど必要ない。気が急く思いで中指を曲げ、ずぷっと突き入れ中腹辺りをくちゅくちゅと掻き回す。

「あはぁ、あっ、あぁ゛あ゛んッ……！　やば、もぉ中ぐちょぐちょ、恥ずかしいくらい感じちゃうぅ……！」

頬が緩み、だらしない笑みが口元に浮かんだ。内部はとうに熱が籠り刺激を受け取る準備を整え、肉襞を柔く立てるようにして擦過されるのを待っていた。指がこすれ引っかいた途端に膣洞はきゅうっと収縮をし、尻たぶが震え、膝がかくかくと小さく躍った。

「さっきと言ってる事が違うねえ、入り口どころか早速中まで入れてるじゃないか。どうなんだい璃沙ちゃん？」

「う、うっさいぃ、ンあッ、こうやる方が、くひっ、感じる、のぉぉ……！」

「やっぱり感じてるんじゃないか。璃沙ちゃんも立派に変態だねえ」

こんな時にまでなじる叔父を璃沙は恨めしく思った。自分とて早く入れたいくせに。鼻息を荒くしているくせに。あえて手を出さずにいるところが腹立たしく、ひどくもどかしい。

ならばと誘惑し返す心境で、あえて陰部を目の前に突き出した。ほら入れたいんでしょ？　吸いつきたいんでしょ？　我慢なんてやめてさっさと飛びつきなってば。視線と行動でそう語り、まさしく痴女の役を演じる。

叔父は歯を見せて笑みを浮かべ、欲情の炎を瞳に灯した。その手が近場にあったものを掴み、こちらに手渡ししてくる。

「どうやら指だけじゃ物足りないみたいだねえ？　じゃあこれを使うといいよ。きっと指より感じると思うからね」

璃沙は「えぇっ……！」と当惑の声を漏らす。渡されたのは筆であった。美術部の誰かの忘れ物だろうか。それを使って自慰をしろと言うのだ。

迷ったものの、半ば無意識に頷き筆尻を膣口に構え、押し当てる。筆でオナニーするなんて自分は本気で変態だ――わずかに残った理性がそう囁き、それを聞いた淫らな自分が新たな恍惚にぞくぞくと震える。

「あっあああ゛あ゛あ゛ん゛ん゛んッ入ってくるぅッ！」

そして挿入して早々に、痛みではなく、快い異物感にわななないた。

自慰は頻繁に行う方だが棒状の道具を使うのは初めてだった。バイブ等の話は聞くし興味もなくはなかったのだが、ローターと同様、試した事などなかった。

実際にしてみると硬質な感触に違和感はある。肉と肉の触れあいとは確かな違いがある。だがそれでも、硬い異物に粘膜を擦られる感覚は、指では得られぬ荒々しいまでの官能を膣神経に呼び込んでいた。

「はぁはぁ、あッ゛あ゛あ気持ちいいっ、腰動いちゃう、痺れるぅ、硬いのこすれるの、い、いいのぉッ……！」

直前まで不安はあったが未知の官能はやはり斬新で快い。見知らぬ他人の物である事も不埒な妄想を掻き立てるに役立つ。蜜で汚れたこの筆を取り、誰かがこのイーゼルで絵を描く、そのシーンを想像するだけで、さらなる興奮がぞくぞくと背を走る。

そこへ叔父が、もう一本の筆を片手に、カメラを向けたままにじり寄ってきた。

「どうやらお気に召したようだねえ。おじさんも何か描きたくなってきちゃったよ」

「はぁはぁ、え、な、なに、なにすんの、あはぁ゛あ゛あッッ⁉」

——すり、すり、すりりくりりゅりゅっ。

淫唇に向いた筆先が急所を緩く撫で擦ってきた。もっとも敏感なクリトリス。包皮の剥けつつある肉芽の表面を細毛の塊が小さく這い回った。

璃沙は堪らず腰をくねらせガクンと膝を折った。背後のイーゼルに尻が乗っかり辛くも転倒は免れ、しかも壁際であるためか絶妙なバランスで身体を支えきり、ちょうど自身がキャンバスの位置に置き換わった形となった。

「おお、これはいいねえ。作画意欲が湧きそうだよ」

これを好機と見たのか、叔父はなおも筆を走らせた。濡れた肉芽に円を描き包皮を隅々まで剥いていく。パレット代わりに膣口をほじくり蜜をたっぷりと毛先に浸す。その蜜をまた肉芽に塗りたくり細い毛先でつんつんとつつく。

「おっと、こっちも塗らないとねえ。おじさんボディペインティングは嫌いじゃないから」

「だめ、だめぇ乳首ッ、感じる、あ゛あ゛だめぇッ！」

筆はなおも軽快に躍り、はだけた胸元を幾度も往復したっぷりと蜜を塗り広げた。乳首は特に入念に塗り、ぬらぬらと輝く曲線を重ねる。

璃沙は官能に激しく身震いし、何度も何度も腰を捩った。文字通り自分は一枚の絵画、思うがままに筆を振るわれ淫靡なアートと化していく。くすぐったさを伴うタッチは愛撫以上の快楽刺激となり、元より濡れ光る淡い肌に妖しい光沢を上書きしていった。

（は、恥ずかしい、筆なんかで、こんなぁっ！　でも気持ちいいの、すごくどきどきする、怖いくらい肌敏感で、イっちゃう、マジイっちゃうッ！）

がに股でイーゼルに寄りかかったまま無我夢中で自らも筆を振るう。膣洞を行き来させ筆尻でぐりぐりと粘膜をまさぐる。なんと浅ましい姿、なんという馬鹿げた行為、されどそこに快楽を見出す自分こそがもっとも浅ましい。

気づけば口から舌が溢れ、なんとも締まりなく喘いでいる。瞼は半ば落ち、だらしない表情に違いない。かくかくと腰を振り自慰と筆塗りでよがる自分は、傍目からはさぞ滑稽に見える事だろう。

その一部始終が録画されていく、その事実にすら今はただただ恍惚を覚える。服をはだけ犬のごとく喘ぎ、肌という肌に自らの淫蜜を塗りたくられ、それでも絶頂へと駆けあがっていく自分。信じられない。理性が蝕まれる。分かっていながら溺れていってしまう。

絶頂へと至る道のりをただ真っ直ぐにひた走りながら、璃沙はついにがちがちと歯まで鳴らして悶えた。

「イッ、イクゥ、゛あッ！　゛あッ！　もッ、オマ○コ、カラダぁッ！」

——ビクッビクッガクガクぷしゃあっ！

耐えきれず果てた膣の孔から透明な飛沫が派手に飛び散った。長い長い刺激と官能、間断なき強い興奮、あまりにそれが続きすぎて潮を噴いてしまったのだ。

「おおお！　おしっこの次は潮噴きかい！　最高だよ璃沙ちゃん、最高だ！」

やはり叔父は度し難い変態であった。顔中に潮が飛んだというのに微塵も避ける素振りを見せず、逆に口をつけがぶがぶと飲み下していったのだ。

「なんて濃厚な味だ、最高だ、甘味だよ！」

「ひいっひいっ、変態、なに飲んでんのよぉおッ……！」

叔父の歓喜はいつもの事だが、この時は璃沙までがだらしない笑みを浮かべていた。締まりなく緩みきった、俗に言うアヘ顔である。勝気な表情はすっかり消え失せ傍から見れば他人の空似かと思えるほどだ。

（やっぱおじさんのセックスサイコー、こんなに感じたの生まれて初めてぇ……！）

腰も立たなくなるとは、まさにこの事だと思った。余韻に打ち震えながら、ずるずるとその場にくずおれる。脳裏は甘い靄で満たされ何も満足に考えられない。

いや――目の端に映る男の性器が、閉じかけた意識をこの上なく強く繋ぎ留める。

「すごかったよ璃沙ちゃん、おじさんも興奮しちゃったよ。さあ、今度はこっちをお願いしようかな」

興奮の証を先から滴らせ、見事な巨根が目の前に迫る。

璃沙はぺたんと尻を落としたまま、震える指先でそれを握る。

「次はハメ撮りといこうか。璃沙ちゃんのいやらしいセックスをしっかり録画しようねえ」

「脅してまたハメる気？　サイテー、マジムカつく……はむっ、くちゅ――」

一応ひと睨みくれておいてから、膨れ上がった牡臭いカリを迷いもなく口に頬張る。

「んっじゅるる、あむぢゅづっ、ぢゅづるるっ――」

「おほぉ、ますます上手になったもんだねえ。どうだいおじさんのは。美味しいかい？」

「ぢゅるっ――そんなワケないじゃん、相変わらず臭いし形キモいし、おっきくてがちがちで咥えにくいし」

憎まれ口を叩きながらも璃沙の表情はうっとりと蕩けていた。せっせと唇でしごく仕草には嫌悪の色など微塵もなく、進んで傘裏に溜まった恥垢を舌でこそぎ取っている。美味しそうという表現が実に似合う仕草であった。

「ぢゅるっくちゅくちゅ——はぁ、マジ臭い、見た目エグい……ぢゅる、づるるっ、味もやらしーっ……」

サオの根元も指でしごき残りの手は陰部に這わせる。潮を噴くほど高みを見たヴァギナ。その深部は未だ淫らな熱が渦巻き貪欲に刺激を求めている。これが欲しいと泣いている。

果てた直後だというのに我慢はもう出来そうにない。璃沙は指をずぷりと埋めてくちゃくちゃと粘膜を掻き回し始めた。

「またオナニーまで始めちゃったのかい？　困った子だ、まだ満足出来ないみたいだねえ」

叔父は無論その姿を見逃しはしない。直立姿勢で上からしっかりとレンズに捉える。視線を浴びる璃沙は、興奮と欲望を隠す事なく尻を妖しく揺すってみせた。「欲しいの……」と甘え声で囁き、イーゼルに手をつき、立ちあがって尻を向ける。

「入れてよ、ココに……おじさんのおっきいので、滅茶苦茶に掻き回してぇ……」

「おお、璃沙ちゃんが、あの勝気な璃沙ちゃんが、本気のおねだりを……！」

驚愕とも戸惑いともつかぬ声すら、今は心に甘く響く。あとひと押し、叔父の欲望を全部自分に向けさせてやりたい。

肩越しに背後を見やりながら、尻を突き出して両手を回し、淫唇をくぱっと左右に開いてみせる。

その上で、猫なで声での駄目押しのひと言。

「ねぇ早くぅ……とーぜん、ナマで……ね♥」

「っっ！　りっ、璃沙ちゃん、うおおっ！」

叔父はごくりと喉を鳴らし、文字通り尻に貪りついてきた。

「璃沙ちゃんの方から生でだなんて、おじさん嬉しい、最高だよ！」

——ずぶぶっずむんっ！

余裕ぶって焦らしてきたが本音は気が急いていたに違いない。尻たぶを掴み狙いを定めるとひと息で奥まで貫いてくる。

その瞬間、璃沙は間を置かず強い歓喜に仰け反っていた。

「ああ゛あ゛あッ！　いいッ、いいのぉ、マジおっきい、深いトコくるぅッ！」

ずしんと最奥を叩かれた衝撃に子宮がわななき悦びに躍り狂った。やはり元カレなど比較にならない。太さ、長さ、硬さ共に日本人離れしたペニスだ。最初の頃はこれに何度圧倒されたか知れない。

その巨根が、今はどうしようもなく胎に馴染んで快い。幾度となく抉られた膣は、今や完全に形を覚え一部の隙間もなく肉襞を吸いつかせている。ひと突きするだけで残さず捲れ濃密に擦れあう敏感な襞の波。そこから生まれる甘美感はまさに極上のひと言に尽きた。

「あッあッ突いてぇもっともっとぉ！　これがいいの、おじさんチンポっ、お腹の隅までがんがんくるのぉ！」

二突き三突きと続くごとに甘美感は上乗せされていく。長い羞恥と興奮を経て、胎は官能の坩堝と化し、男根が行き来する熱い感覚に激しい愉悦を絶えず見出す。歓喜も露わに食い締め、咥えこむ。

璃沙はイーゼルに両手をつき、あられもない声で鳴きに鳴いた。どうせ誰も見てはいない、声を聞く者もいない、下腹を舐め尽くす強い歓喜を隠す必要もない。

「はあッあ゛あ゛あッ、もッ、もぉイっちゃうぅ、気持ちい゛いのぉ、早いけど私、私もおッ！」

「はあはあ、おじさんもだよ、璃沙ちゃんのオマ○コぎゅうぎゅう締めつけて、か、絡みつくみたいにっ……おおっ！」

叔父の逸も珍しく早々に息を切らし、歯を食いしばって一心不乱に腰を振っていた。

「こんなに気持ちいいなんて、おじさんも初めてだよっ……よ、弱いところ、すごくこすれてくるっ……！」

「はあッはあッ、ここ？　弱いトコここ？」

「おおっそこ！　す、すごい、自分から吸いついてくるなんてっ……!?」

意識して膣をきゅうっと狭めると叔父は目に見えて快楽に身悶えた。今の璃沙には分かる。根元まで入った際、奥の方を軽く力ませると、叔父は特に感じるのだ。エラのくびれ辺りが弱いに違いなかった。

そんな真似が出来る事自体、本当に馴染んだ証拠なのだろう。かつて以上に叔父を悦ばせる女となった、その事実にさえ胸が躍り、より一層意識して弱いくびれを襞肉でこすってやる。

「はあはあっ璃沙ちゃん、ああ堪らないよぉ……！」

切羽詰まった声をあげ叔父は遮二無二突いていく。荒々しく尻たぶを弾いてくる。ペースが乱れ次々と加速し粘膜同士がじゅぶじゅぶと音を出す。互いの腰が忙しなく前後しがつがつと腰骨をぶつけあう。

一気に高みへと突き進む璃沙はがくがくと震え手足を踏ん張らせる。快楽続きで一度は腰砕けになり今にも脱力しかねない状況。子宮への官能と歓喜欲しさに必死に膣を締めペニスをしごく。

――ぐじゅっぐじゅっぐじゅっぐじゅっづぢゅづぢゅづぢゅづぢゅっ！

だがそれもわずかの間、迫りくる絶頂に息は乱れ足は痙攣まで始めた。下腹を駆け巡る甘美な電流は瞬く間に背筋を這いあがり、脳髄を薔薇色に染め尽くすような深い陶酔感をもたらした。

「あ゛あッあ゛あッあ゛あッ、もぉだめぇ、イクッ、お腹イクッ、オマ○コイクッ、チンポ気持ちいい、蕩けちゃううっ……！」

肌という肌に大粒の汗が浮き雫となって滴り落ちる。はだけたシャツはとうに湿り肌に張りついて透けている。ずれたクロッチには蜜が沁みこみどろどろに濡れて糸まで引いている。髪留めが外れサイドアップが解けるも、一顧だにせず夢中で叔父の男根を貪る。

やがて叔父も痙攣を始め、「もう出るよ璃沙ちゃん……！」と震え声で呻いた。ペニスも膣内で小刻みに脈動し限界が近い事を示す。睾丸がきゅっとせり上がるのが当たる尻を通じて知れた。

「出して、あ゛あナマで、中でええッ！　オクにちょおだいッ！」

「分かったよ璃沙ちゃん、お、おおっ、中に、出るっ……！」

「あ゛あッあ、あ、あッ〜〜んんイクううう゛う゛ッッ〜〜！」

――っっドクッ、ドクドクドクッ、ぶびゅぶぶぶううううっっ！

ペニスが一際大きく膨らみ大量の熱を解放、放出した。

直前で果てた璃沙は胎に広がる熱感に歓喜する。精液。生の膣内射精。他には許した事のない感覚。事実と快楽がひと纏めとなり生殖本能を強く撃ち抜く。

(やば、マジで気持ちいいっ……妊娠しちゃうかもしれないってのに……!)

不安があるか否かと問われれば正直なところ分からない。なぜ避妊を避けたのか、それすら知れない。なんとなく(そうしちゃえ)と思ったに過ぎない。

そして子宮にまで届く熱感を快く思うのも事実だった。女としての本能が、それを受け入れたがっている、精液を欲している、そう感じた。

(そういえば、そろそろやばい日だっけ……マジで妊娠しちゃうかも……あはっ)

思わず笑えてしまうのは諦観の為せる技か。どうでもいい。今は目の前の余韻だけに心ゆくまで浸っていたい。

「ふぅ、ふぅ……ああ気持ち良かった、おじさんいっぱい出ちゃったよ」

満足げな吐息が、背後からふっと耳朶を掠《かす》めてくる。

「璃沙ちゃんのイクところもばっちり撮影したからね。焼いて保存しとかなきゃ」

そうは言うが、これで撮影終了などとは間違っても言うまい。そういう男である事は骨身に染みて知っている。現にペニスは放出を経てなお一向に萎える気配がなかった。

ペニスが膣肉を軽くこすると、火照った身体は即座に反応しびくっ、と一つ身震いする。

「あンッ、やっぱり、まだ、硬ぁい……」

「さあ璃沙ちゃん、今度は前から撮るからねえ」

叔父は背後から両手を回し、膝裏を抱えて姪の身体を軽々と持ち上げた。

次いで両足を左右に開かせ、カメラをイーゼルの上に置く。ちょうどレンズが陰部を中心に捉える位置に。

そうした上で腰を揺すり、再び膣孔をペニスでじゅぼじゅぼと攪拌し始めた。

「あンッあンッやだぁ、丸見えになってるぅッ……！」

「おお、オマ○コから精液が垂れてきてるよ、これはエロい、中出しした感じがばっちり出てるねえ」

手を離れても液晶モニタはレンズが捉えた場面を映し出す。叔父は無論の事、璃沙にまでそれが見える。淫唇から滴る白濁に璃沙はさらなる羞恥を覚える。

「あンッあンッあッあ゛あッ、だめ、イったばっかなのに、私、またぁ……！」

一度昂った女の身体は絶頂を経たとて容易に鎮まりはしない。そこが男と異なる点だ。イキっぱなしなる現象があるのもこれが原因と言われている。

今の璃沙は、まさにそのイキっぱなしに近い状態だった。余韻に浸る間もなく続けざまピストンを叩き込まれ、気持ちいいという感覚のみが常に神経を支配している。

自らの痴態を目にするという新たなシチュエーションも、神経の昂りに一役買っていた。

「だめッだめッあッあッ゛あッ゛あッ〜〜〜ィ、ィク、ああ゛あ゛あッッ……！」

――ビクッビクッ、ガクッ、ガクッ、ガクンッ……！

「イったね璃沙ちゃん。オマ○コがきゅうってなってるのが映ってるよ」

モニタに映し出される膣口が、ぴくぴくと痙攣しサオの根元を食い締めていた。蜜が睾丸までだらだらと垂れ流れ、なんとも破廉恥な姿となっていた。

「感じやすい子はおじさん大好きだよ。だから璃沙ちゃんをもっともっと感じさせたくなっちゃうんだよ」

「あッあッだめ、ちょっと待ってぇ……！」

叔父は膝裏を抱え込んだまま教室内を歩き始めた。繋がったままの腰が揺れ、終わらぬ官能に璃沙が戸惑う。それを承知の上で叔父はぐるりと室内を一周し、カメラの位置を直し、窓際へと到達した。

なんのつもりかと璃沙が惑う中、叔父はカーテンをさっと開け放つ。窓の外からは陽光と共に、広いグラウンドと、部活動に勤しむ生徒らの姿が飛び込んでくる。

璃沙は驚き目を剥いた。これでは皆に自分たちの姿が見えてしまう――！

「やめてよ、こんなのっ……お願い無理、恥ずかしくて死んじゃうぅ……！」

さすがに度が過ぎると怯えた表情で懇願した。ある程度距離があるとはいえ、半裸の女子生徒が窓際に立っているのを見れば、事態を察しえぬ者など恐らくいまい。ただでさえその手の想像力は冴えている年頃なのだから。

が、言わずもがなと言うべきか、それで大人しく引くような男ではなかった。むしろ恥じらう姪の姿により一層の興奮を見せ、大きくグラインドをつけ深々と膣奥をカリで抉ってきた。

「゛あッああ゛あ゛あ゛あだめぇ!?　お願い許して、せめてカーテン、カーテンだけでも、ああ゛あ゛あ゛ん゛んッ！」

「大丈夫だよ璃沙ちゃん、きっとロクに見えやしないから！」

「嘘、うそッ、絶対見えてる、こっち見てるゥッ……！」

勘違いでないという確信があった。ほら、あっちの子が見てる。そっちの野球部の男子も。ひそひそ話しあっている二人も。みんな見ている。エッチな私を笑っている。どうしようもなく恥ずかしくて怖い、気が触れておかしくなりそうだ。

しかし同時に、かつてないほどの猛烈な興奮をも味わった。ハメ撮りなどというレベルではない、見知らぬ他人にセックスを見られている。見せている。肌を露出するアイドルをも超える強烈《きょうれつ》な羞恥と淫靡な妄想が、脳裏を滅茶苦茶に掻き乱す。

窓ガラスに頬と乳房を預け、背後からずしずしと肉棒に刺されながら、璃沙は表情を蕩かせ、甲高い嬌声を解き放っていった。

「はあっ゛あ゛あ゛あッすごい゛いッ！　恥ずかしッ、怖いィ、れもっ、感じるゥ、どぉして気持ちいいのぉおッ！」

「はあっはあっ、璃沙ちゃんが変態でマゾだからだよ、恥ずかしいほど感じちゃうんだよ！」

「ま、マゾッ、゛あ゛あ゛あバカぁ、バカぁぁあああ゛あ゛あッッ！」

——ぱんぱんぱんぱんギュグギュグぢゅどぢゅどぢゅどぢゅどっ！

再度繰り出される熱烈なピストンに璃沙はあられもなく乱れ、よがった。そう、とうに分かっている。恥辱と折檻に悦びを覚えるマゾな一面が己の中にある。気が強く我がままな顔は、その性癖を隠す仮面に過ぎない。普段強気であればこそ、被虐と恥辱に悦びを見出してしまうのだ。それを今自覚した。はっきりと思い知った。後は受け入れ溺れゆくばかりであった。

「はあッは゛あ゛あッ！　かぁ、感じるぅ、視線、オマ◯コっ、びんびん感じりゅぅ……蕩けちゃうぅ、アタマ、子宮っ、とろとろになってぇ……！」

今また誰かがこちらを見て指差している。きっと笑っている。もしくは欲情しているのか。どちらも恥ずかしい。どちらでも興奮する。窓に張りつき潰れた乳房、そのひんやりとした感触すら今は心地良く快楽神経を刺激する。

身体はいよいよ熱を蓄積し、新たな官能と昂りに酔い痴れていく。見知らぬ他人の前で果てる、視線を浴びながらよがってしまう、そんな己の痴態に酔い狂い何もかもどうでもよくなっていく。脳裏がまっ白になっていく。

「はぁっはぁっ、やっぱり璃沙ちゃんは見られると悦ぶねえ、オマ○コが、うっ、ますます締まってきて……！」

叔父も激しく息を切らしつつ全力で腰を振っていく。当の本人でもよく分かるほどに膣肉はぎゅうぎゅうと肉棒を食い締める。根元は文字通り食い千切らんばかりの窄まりを見せていた。

だがそれだけでない事は叔父の身震いを見れば明らかだ。完全に形を変えきった膣洞はまさに官能の蜜壺と化しており、これまで以上にぴったりと食いつき動けど動けど肉棒を離さない。伸縮性の強い粘膜は抽送に合わせて柔軟に変形し、茹だるほど熱く柔らかな襞肉で急所もそれ以外も余さず舐め回した。

言わば自分好みのヴァギナに熱烈な歓迎を受けているも同然。さしもの叔父とて震えが止まらず爆ぜんばかりにペニスを脈打たせ、本気の解放の瞬間に向けて愉悦の階段を駆けあがっていった。

「はあはあっ、うねうね蠢いて、絞られてるみたいだ、なんて気持ちいい、これは堪らん……もう限界だ、出るよ璃沙ちゃん、もうすぐだよっ……！」

「は゛ぁッあぁあ゛ぁッ私もぉ、゛ん゛んッ、わたしももぉすぐぅッ！」

ついには突き刺さる視線さえもが甘い官能の火花と化した。見られる興奮はとうとう歓喜と化し不埒な情欲で意識を満たす。全身が快楽器官と化し怒涛のピストンに背筋が悦びの波を打つ。

(こんな気持ちいいの、もうやめられるワケない、私もう――おじさんから離れられないッ……!)

限度を超えて心音が高鳴る中、璃沙は思い知る。自分はきっと、もう捕らえられている。この快楽に。この男に。初めて犯されたあの夜から、あるいはそうだったのかもしれない。

今はもはやどうでもいい。ここでこうして快感と興奮で満たされていればいい。いつしか胸に巣食っていた、この甘酸っぱい感覚に身を浸していればいい。

「あ゛あッ゛あ゛あもおだめイクイクうゥッ! して、おじさんッ、キス、キスぅ!」

「はあはあはあっ、璃沙ちゃん、じゅるるるっ――!」

「ん゛んッ゛ん゛ん゛んッッ〜〜〜!」

ガラスにびしびしと押しつけられながら必死に首を回し、唇を貪り吸う。変わらず臭く、どこか鼻腔を蕩かす体臭。粘る唾液すら美味に思え、無我夢中で啜り飲む。

(だめぇ、マジっ――イ、クぅぅ――!)

キスの瞬間に味わった恍惚は今までになく甘美で鮮烈だった。胸がどきどきとうるさく、それが心地良くて目の奥が霞む。子宮全体が大きくわななき食いこむカリ先に入り口がぶちゅっと自ら吸着する。

璃沙は堪らず先に果て、唇を吸ったままがくがくと身体を痙攣させた。

そして一拍の後、叔父も全身をぶるぶると震わせ、

「り、璃沙ちゃんっ、おっ、おおおおっ……！」

——っドクン！　ドクドクドクッドクッごぼっごぼっごぼぼぼっ！

上限を超えて膨らむ肉棒から、ついに白濁を大量に放出した。

璃沙は瞬時に射精を悟り、さらなる歓喜にくなくなと身を捩る。膣奥を満たし子宮へと雪崩れ込む灼熱の感覚。これまで何度経験した事だろう。とうに慣れてよさそうなものだが生まれる愉悦はなおのこと深まるばかりであった。

（き、気持ち、いいっ——ナマでするの、やめらんなくなるぅ——！）

避妊具ありでは決して得られはしない快楽。それを覚えたのもこの男からだ。自分でも気づかずにいた性癖を、快楽を、次々と暴き知らしめてくる男——逃げられない。逃れられるはずがない。

文字通りまっ白に染まりゆく意識の中、璃沙はうっとりと現実を噛み締めていった。

※

「——バレたらどうしてくれるわけ？　マジで退学もんよ」

帰りの電車内。朱の滲む座席の上で、璃沙は真横を横目で睨みやった。

「ははは、大丈夫だよ。どうせ誰も言いふらしたりはしないさ」

隣の叔父は、間延びした面《つら》に何食わぬ笑顔を浮かべている。

「このくらいの学生さんたちは、みんなヤリたい盛りだからねえ。噂はしても学校に告げ口なんてしないと思うよ。むしろ自分もやってみたいって思うんじゃないかなぁ」

よしんば告げ口があったとしても学園側は公にするのを避けると思う。世間に知れたら事だからね。叔父はそのようにつけ加えた。

璃沙は納得こそしなかったものの、結局は折れる形で話題を打ち切った。どの道どうしようもない事だし、遠目に見た程度では確実な証言など出来ないだろう。片方が部外者でロクに顔も知られていない以上、自分一人が口を割らねば所詮はそれまでだ。

それに考える事、思う事は他に多くある。

璃沙は今なおこの男を恨めしく思っていた。恋など馬鹿馬鹿しい。世辞にも好みでなく、年齢とて離れすぎている。好きだなどとは思えない――思いたくない。当然だ、一体どれほど弄ばれたと思っているのか。

しかし考える。明宏とはこれで完全に切れた。未練も後悔もありはしないが、かといって若い欲望を持て余す気にはなれそうにない。

詰まるところ今までと大差ないわけだ。叔父宅に入り浸り気ままな時間を過ごす。

快楽を貪る。今しばらくはそれでいいと思う。

(お金もそこそこあるみたいだし、家にいるよりか楽だし気持ちいいし。いっそまた家出でもしちゃおうかな)

そんな事を気楽に考え、欠伸を噛み殺そうとした時である。

違和感を覚え、ふと足を見やると、叔父の手が太腿をさわさわとさすってきていた。

「——なにやってんの?」

「ははは、璃沙ちゃん少し眠そうだったし、こっそり触るのもこれはこれで、と」

「——はあ。サイテー。キモい」

一体どこまで貪欲なのか、まったくもって知れたものではない。

この調子では、次は痴漢プレイなどを敢行する羽目になるやもしれない。まさに変態、救いようのない男である。

璃沙はため息と共に呆れつつ、密かに胸を高鳴らせた。

その時はきっと、もっと燃えるんだろうな——と。

# 終章　Never-ending days（続く非日常）

夏の暑さが佳境を過ぎ、秋の涼しさが訪れつつある頃の事。

皆川璃沙と叔父の逸は、とある田舎の温泉宿を訪れていた。

「いい湯だねえ。骨休めにはもってこいだよ」

周囲を岩肌と柵が囲む開放的な露天風呂。少し濁った湯に浸かりながら、叔父は気分良さげに目の前の豊乳を揉みしだいていた。

「ンッ、もぉ、こんな状況で、よくそんなこと、ンッ、言えるなんて……」

その腰の上でもどかしげに身をくねらせるのが、髪をタオルでまとめただけの肌も露わな姿の璃沙である。

叔父は「ごもっとも」と笑顔で応え、先端の突起を指で転がす。

快い刺激に璃沙は肩を小さく震わせ、「あンッ……」と目を閉じ悩ましげに鳴いた。

——璃沙が初めて叔父宅を訪れてから、月日が巡る事およそ3か月。

二人の関係は特に変化もなく、されど未だに続いていた。

明宏と縁を切った璃沙は、これまで以上に叔父宅に入り浸るようになっていった。

失った恋人の代わりとして性への好奇心を満たす捌《は》け口《ぐち》としたのだ。自宅における居心地の悪さも無論そこに拍車をかけていた。

　幸いなのは親の反対が少ない事だ。実兄というだけで父は叔父を妄信しており「迷惑をかけぬ程度ならば」と娘が通うのを黙認したのだ。二人の関係を疑う素振りはなく、目の届く場所にいる事を理由に、むしろ安堵したのである。「あの歳の子は難しいだろうから落ち着くまではウチにいさせてあげたらどうだい」との叔父の言葉も、両親を説得する好材料となり得た。

　璃沙からすれば子供扱いのようで面白い流れではなかったのだが、おかげでこうして自由と快楽を満喫出来ている。精神的にも安定したためか、徐々に成績があがりつつある点も地味にありがたい話であった。

　無論、対価は払っている。セックスという名の対価を。

　今もこうして慰安と称した旅行に付き合い、人里離れた混浴の湯殿で対価を払っているところだった。

「ンッンンッ、相変わらず、変態なんだから……誰か来ちゃったらどうすんのよ」

「大丈夫、今日の宿泊客はおじさんたちだけだよ。ちゃんと調べておいたからねえ」

「そーゆートコだけしっかりしてるんだから……マジ変質者」

　湯の熱と官能に色づいた肌から、汗と水滴がつつぅ……と滑り落ちていく。

「そんなこと言って。璃沙ちゃんだって前よりずっと大胆になったじゃない」

白く曇った眼鏡の奥で叔父の線目が怪しく笑う。湯殿の端、岩縁に置かれた盆の上のとっくりを手にし、乳房に薄く酒を垂らしてゆっくりと舌で舐め取った。

「ンあっ……なにすんのよ、もぉ……っ」

「着いて早々、温泉に入りたいって言ったのは璃沙ちゃんでしょ。混浴だって知ってたのにねえ」

誘ったのはそちらだと暗に指摘され、璃沙の頬に微かな羞恥の赤みが差す。

「っ……別に。勉強ばっかで疲れたから……ンッ、気持ち良くなりたいだけだし……」

相も変わらず璃沙の口からは、素直とは言い難い言葉ばかりが出てきている。

「次の彼氏、作るまでの間だけだから」

嘯く台詞にも、今やさしたる意味はあるまい。とうに離れられなくなっていると、気づかれていないはずがないのだから。

それが悔しくて乳房を頬に押し当ててやると、叔父は「むほっ」と悦びの声をあげ、乳首を強く吸ってきた。

「あはぁッ、だめ、乳首ぬるぬるして、し、痺れ、ちゃうッ……」

ぷぅんと漂う酒臭を嗅ぎながら、璃沙は早くも乳房に甘い恍惚を得始める。

幾度もの性交を経た結果、今や胸さえもが十分な性感帯と成りつつある。薄紅色の小さな突起はすでにぷっくりと膨らみを持ち、舌の上で転がされるたび独自に高みへと昇りつつあった。

はしたなくも感じてしまい、目尻をうっとりと下げる璃沙。

だが、叔父がその程度の平凡な行為で済ませるはずなどない事は、これまでの経緯からしてすでに明白である。

姪をそっと岩縁に座らせ太腿をぴたりと閉じ合わせると、窪んだ女のデルタ地帯に残りの酒をトクトクと注ぎ込んだ。

やだ、これって——察したこちらが何か言うよりも先に、叔父はにやりと口の端をあげ、陰毛のゆらゆらと揺らめく酒殿に唇を突っこみ啜りあげる。

「はああッ、バカ、変態ッ、マジキモいんだか、らぁぁ……ッ！」

璃沙はおとがいを反らし艶かしい表情で吹き抜けの天を仰いだ。叔父は酒を啜るばかりではない。陰毛を鼻先でくすぐりながら、ヴァギナ周辺の肉の膨らみをも執拗に舌で舐めこんでくる。淫らな刺激と日本酒の濃厚な香り、羞恥心とが相重なって、若い肉体にみるみる官能の火が呼び込まれてくる。

「はぁ、はぁ、ッッ……もぉ、だめだって、ばぁぁ……ッ！」

酒がなくなった頃には尻房が小刻みにビクついていた。下半身から力が抜け落ち、両手で尻を撫で回されてもなんら抵抗など出来はしない。アナルまで指にまさぐられながら本気の快楽に溺れていく。

結局骨休めなんてしてないじゃん。乱れた呼気を漏らしながらそう毒づいてやると、言われた叔父は何食わぬ顔で笑い、とうに硬くいきり立った分身を太腿にこすり付けてきた。

璃沙は「はぁッ……」と熱く吐息を漏らし、共に連れ立って湯殿からあがった。すぐ隣となる石床の上で、男の肩を押し、仰向けで寝かせる。

次いでさっと肉棒を跨ぎ、軽く焦らしてから、ゆっくりと腰を落としていく。

「は、入っ、たぁ……はあンッ、相変わらずデカいんだか、らぁぁッ……！」

立派な剛直を飲みこんだヴァギナは、早速ぬめった蜜を垂らし、酒と濁り湯とを混ぜ合わせながらじゅぷじゅぷと卑猥な音色を奏でた。

美味そうに窄まる薄紅色のヴァギナを眺めつつ、叔父が笑みの形で小さく歯を見せる。

「ほら、璃沙ちゃんだってすごく積極的じゃないか。自分から跨がって動いてくるなんてねえ」

「そっちだって、ンンッ、動いてるじゃん、あン、あンッ、ンうンッ……！」

さすがに股となった豊かな腰が、リズムと緩急をつけて動き、逞しい巨根を膣粘膜で擦りこんでいく。

もはや璃沙の身体と膣孔は、この男の身体とペニスにすっかり馴染んでしまっていた。他では味わえぬ圧迫感と肉襞に食いつくフィット感が、たちまちのうちに官能を呼び込み甘美な高みへと押し上げていく。

気持ちいい。オマ○コが気持ちいい。揉まれ揺れる乳房さえ感じてしまう。背筋が痺れ感覚が甘く蕩けていく。酒精もあってか意識がふわふわと浮ついていく。

叔父も快感から徐々に息を乱し始め、たわわな乳房を揉みしだきつつ腰をずんずんと振り立てていった。肌の汗と湯がぱらぱらと飛び散り陽光を反射して光彩を描いていく。

「はぁはぁ、だめ、あんま強くしちゃ……ジンジンッ、深いトコ突いちゃ……！」

「どうしてだい？　璃沙ちゃんは奥に当たるのが好みなんでしょ」

「そう、だけど……どうでもいいじゃん、もぉ……！」

膣奥への官能に打ち震えながら、璃沙はそれと悟られぬよう、さりげなく下腹部に掌を添える。

何が伝わるわけではない。あるのは絶え間なく広がる愉悦と、精を欲しがる子宮の疼き、熱しゆく肌の体温ばかり。

それでも分かるものがある。気づいている。自らの内にある、目に見えぬ確かな変化の兆しを。

（何度も中出しされちゃったんだもん、そりゃ、ね……）

3か月にも至らないが、生理周期から、まず確実と思われた。

妊娠――叔父の子が、子宮に宿っている。

いつ頃からかは定かでないが、ほぼ毎回避妊具なしで行為に及んでいる。叔父がそれを好んだし、自分も一切拒まなかった。起こるべくして起きた事柄だった。

（今はいいけど、さすがにいつか親バレするよね。今度こそ追い出される、かな……）

堕胎するならば今だろうが、その勇気はなく、そうしたいとも思えない。

めくるめく快楽の中、ふと考えると不安が過ぎる。両親は無論の事、叔父は――この子の父親はなんと言うだろうか。堕ろせと言うだろうか。それとも――。

「はぁ、あぁ……それにしても、最近言わなくなったねえ。避妊してくれって」

と、つい口を噤《つぐ》んだ時である。

次第にペースをあげていきながら、叔父がからかい混じりに笑った。

「ひょっとして、妊娠したくなっちゃったかなあ？　おじさんの赤ちゃん」

「ばっ、そんなわけない――っての！」

璃沙が焦りも露わに怒鳴ると、叔父は意外にも素で気落ちした表情を浮かべた。

「残念だなあ。お腹大きくなった璃沙ちゃんも是非、見てみたいのに。もちろん生まれた赤ちゃんもね、きっと璃沙ちゃん似の可愛い子だろうから」

「サイッテー、マジ変態、キモすぎっ！」

頬が赤らむのを璃沙は禁じ得なかった。どこまで本気かは疑わしいが、打てば響くかのごときタイミングで不安と疑問に答えを出してくる。

こっちの気も知らないで、と罵ってやりたくはあったが、気分は少し晴れてきた。頭のタオルを取り小さく笑う。胸が密かに高鳴る事が思いの外嬉しくて、ゆえにこそムカつく。

「ンッ、あンッ、あンッ、あッ……妊娠したら、そっちだって、あはぁッ……困るんだからぁ……！」

「ふぅ、ふぅ……ははは、おじさんはきっと困らないと思うなあ」

「っ……バカっ……マジムカつく……あッあぁ゛あ゛あ゛ッ゛ン゛ン゛ッ……！」

共に絶頂へとひた走りながら璃沙は悩むのをやめ、淫らに腰を躍らせていく。蜜を泡立て敏感な粘膜でペニスをしごき、ひと時の快楽に身を委ねていく。没入していく。

「はぁ、はぁ、ああ璃沙ちゃん……おじさんもう、出ちゃいそうだよっ……！」

石床にも負けず腰を突き上げ続ける叔父が、頬を歪め、込みあげる射精感にわななく。

改めて見るとその表情は、意外にも切なげで幾らか可愛らしいかもしれない。

璃沙は燃えあがるまま遮二無二腰を振りたくり、

「゛あ゛あッ゛あ゛あッ、出してぇ、精液ッ、熱くて濃いのぉッ！」

――ぱんぱんぱんぱん、ずんッ、ずんッ、ずんッ！

小刻みにサオを肉襞で擦った後、とどめとばかりに深々と根元まで咥えこんだ。

途端に叔父は「おおっ！」と呻き、巨大な肉棒を限界まで太らせ、

「ジ、ジ、ジきたぁ、精液、熱いのッ、ああくるくるぅもおイクううッッ！」

――びゅっびゅっびゅぶぶぶぶぶぶぶっっっ！

己が子を宿す姪の子宮へと大量の精液を放出し、注ぎ込んだ。

間髪入れず璃沙もアクメに達して仰け反った。子宮に沁み渡る熱と甘美感は今となっては馴染み深きもの。避妊抜きでの膣内射精が麻薬のように心と身体を搦め捕って離さない。惹きつけられて逃げられない。何度でも溺れてしまう。

（気持ち、いいっ……お腹、溶けちゃいそぉ……！）

胎に波及する心地良い感覚を、しばし堪能し、愉悦に震える。どくどくと流れ込む残滓の温かさと未だ萎えぬ男根の硬さに、さらなる歓喜と期待を得る。

やがて痙攣も収まりつつあった頃、叔父が「ふうっ」と吐息を漏らし笑う。

「いやあ良かったよ璃沙ちゃん。湯船でするると具合がいいってのは本当らしいねえ」

璃沙は呆れて「なにそれ」と呟く。半眼で見下ろし小馬鹿にした様子で笑い返す。

「いっつも悦んでナカでびゅーびゅー出してるクセに」

「そうだねえ。璃沙ちゃんのオマ〇コは何度入れても飽きが来ないから」

「とーぜんよ。……ふふっ」

これで終わりとなるはずがない事など璃沙は無論、承知している。膣内で反り返る硬い牡肉を精液まみれの肉襞で柔しごく。

宿に着いてからまだ半日足らずである。時間はまだまだたっぷりある。場所と機会が許す限り連れは求めてくるに違いない。

とうに嫌悪など失せている事を自分でも不思議に思いながら、璃沙は蠱惑的に微笑み、再び腰をゆったりと揺すり始める。

いざとなったら、せいぜい困らせてやるとしよう。突然家に転がり込んでやる。

障害は多く波乱の兆しはひしひしと感じるが、なに、すべてこの男に押しつけてしまえばいい。妊娠だろうがなんだろうが、これまで通り、のらりくらりとやり過ごしてみせるに決まっている。少しくらいなら手伝ってやるのもいいだろう。

その時までは、しっかり甘えて楽しんじゃえ。

心の中で、そう舌を出し笑いながら。

璃沙は進んで唇を押しつけ、舌を絡ませつつ第二ラウンドへと突入していくのだった。

# 原作紹介＆秘蔵ラフギャラリー

**コワレモノ璃沙**

**漫画：よしろん**

原作同人誌は書籍版・電子書籍版ともに
好評発売中！

つん…
優しい叔父に安心して眠る璃沙…
しかし、その無防備な姿が男の欲望に火をつける

…まったく
昔はもっと大人しくて可愛いらしかったのに…
家出までする不良娘になっておじさんも悲しいよ
親に代わってお仕置きしてあげないとなぁ
…やだやめて何すんの…っ
!?
制服の上からじゃ分からなかったけど立派に発育して…

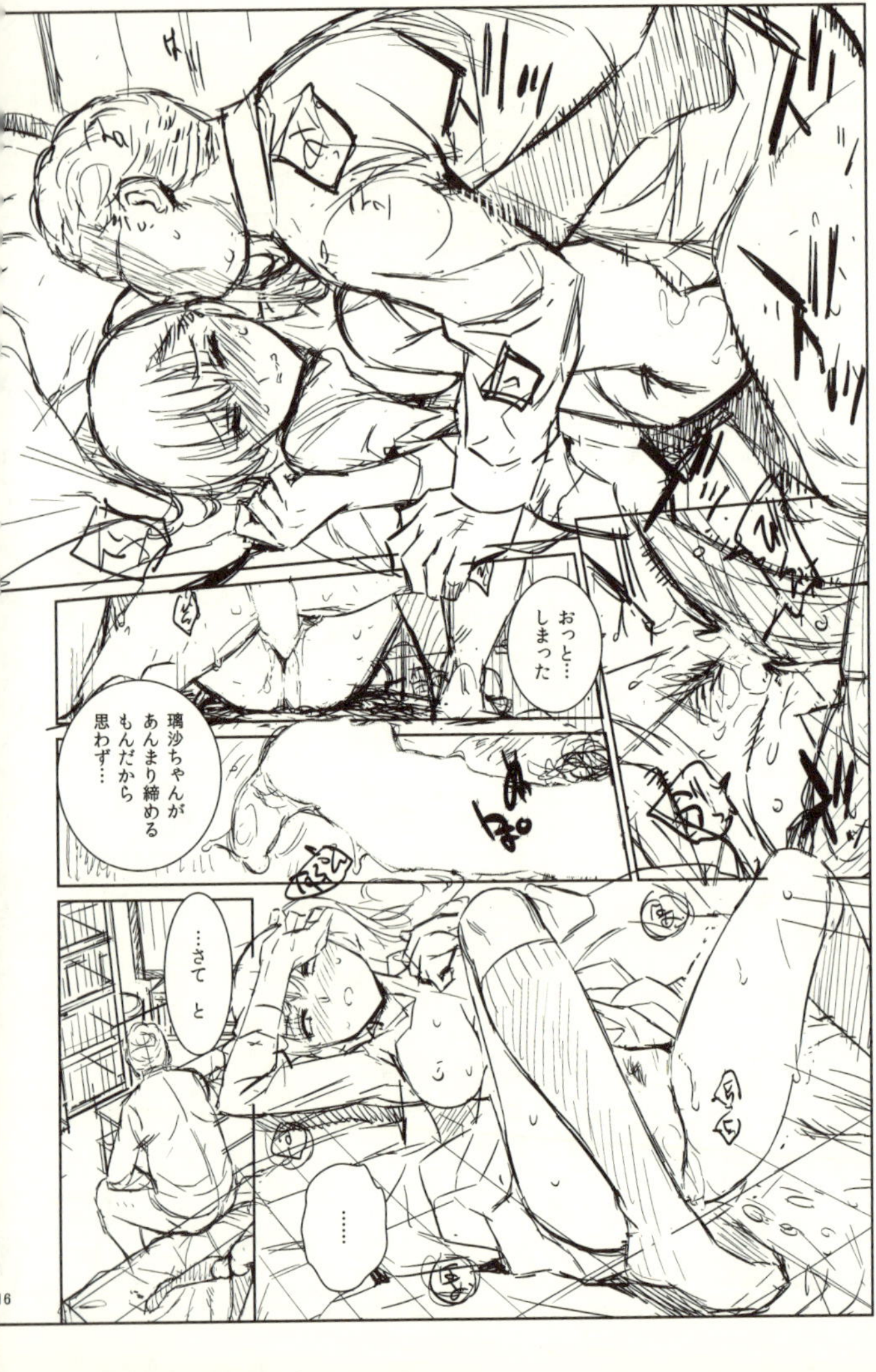
おっと…
しまった
璃沙ちゃんが
あんまり締める
もんだから
思わず…
…さて　と
……

まあまあ
・・・・・・・・出したら終わりって言ったでしょ
っっ
でもこれで璃沙ちゃんとヤリ納めだと思うと
おじさん寂しいよ
また家出したくなったらおいでよいくらでも泊めてあげるから　ね
…誰がっ
こんなとこ…ッ
はは
ずいぶん嫌われちゃったもんだ
身体《こっち》の相性はいいのになあ

# 原作紹介&秘蔵ラフギャラリー

**コワレモノ：璃沙 PLUS**

**漫画：よしろん**

原作同人誌は書籍版・電子書籍版ともに
好評発売中！

おっと
もうこんな時間か
そろそろ
失礼しないと
いけないかな
…そうかい？
泊まっていったらどうだい？
え　いやぁ
そりゃ悪いよ
いいよ
ひと部屋
空いてるし
娘が世話になった
礼もあるしさ
じゃあ
お言葉に
甘えようかな
突如自室にやってきた叔父
執拗に与えられる快楽に
璃沙は翻弄されていく…
へえ　家では
そんな格好で
いるのかい？
!?
っ　ちょっと
勝手に入って
こないでよ！
かわいい
部屋だねえ
甘い匂いもして

相変わらず璃沙ちゃんは性格と身体が正反対だねえ
そこがまた可愛いところだけど
嬉しくないし…っ
!?

向こうの部屋とベタンダがつながってるんだね
ああ そうか
…だから言った…じゃん
バレたらやばいって…
電気消えてるし二人とも寝てるよ
まさか自分の娘がすぐ隣で男とセックスしてるなんて思わないだろうねえ
それも身内だなんて
知れたらおじさん絶縁されちゃうかなはは
…そんなことになったら
…私だって家追い出されるっての…!

# おまけペーパーイラスト

※同人即売イベントで頒布されたイラストです。

2014 12 30 KUSARI ✿ CATERPILLAR by YOSHIRON

「…ねえ 恥ずかしいから ジロジロ観察しないでよ」
あと顔近すぎなんだけど」
あっ
「璃沙ちゃんは よくオナニー するのかい？」
「…なんでそんな こと聞くわけ？」
「色々知りたいじゃない 好きな娘のことは」
「……… 別にフツー 週1くらい…かな」
んあ…
はっ
はっ
ぢゅううう
あ
はぅ
くちゅ
くちゅ
「へえ 意外と 少ないんだねえ」
「つーか叔父さんみたいに しょっちゅうなんて しないし」
「はは いつも 璃沙ちゃんを オカズにしてるよ」
くちゅ
くちゅ

ねえ もう取って いいでしょ コレ…

フツーに 歩けないし
「いいけど ちょっとその 前に一枚 撮らせてよ」

「はあ? こんな状態で 写真撮るとか ありえないんだけど」

「いいじゃない 一枚だけ だからさ 璃沙ちゃんの 浴衣姿を記録しておきたいんだよ」

「どーせお尻しか見てないじゃん」

ひくひく…

♪

「こんなんでイケるって叔父さんって相当ヘンタイだよね」

「璃沙ちゃんの足使いが上手いからだよ♥」

「なにそれ褒めてんの?」

「…まあでも 結構楽しいかもコレ」

ねちょ

リアルドリーム文庫174

# コワレモノ：璃沙
## ～家出娘と爛れた夏～

2018年6月8日　初版発行

◎著者　089タロー

◎原作　よしろん
(サークル 鎖キャタピラ)

◎発行人
岡田英健

◎編集
平野貴義

◎装丁
マイクロハウス

◎印刷所
図書印刷株式会社

◎発行
株式会社キルタイムコミュニケーション
〒104-0041 東京都中央区新富1-3-7ヨドコウビル
編集部　TEL03-3551-6147／FAX03-3551-6146
販売部　TEL03-3555-3431／FAX03-3551-1208

ISBN978-4-7992-1145-8 C0193